Noiva
IRRESISTÍVEL

Universo dos Livros Editora Ltda.
Rua do Bosque, 1589 – Bloco 2 – Conj. 603/606
CEP 01136-001 – Barra Funda – São Paulo/SP
Telefone/Fax: (11) 3392-3336
www.universodoslivros.com.br
e-mail: editor@universodoslivros.com.br
Siga-nos no Twitter: @univdoslivros

CHRISTINA LAUREN

Noiva IRRESISTÍVEL

São Paulo
2014

UNIVERSO DOS LIVROS

Portuguese Language Translation copyright © 2014 by Universo dos Livros Editora Ltda.

Beautiful Beginning
Copyright © 2013 by Lauren Billings and Christina Hobbs
All Rights Reserved.

Published by arrangement with the original publisher, Gallery Books, a Division of Simon & Schuster, Inc.

© 2014 by Universo dos Livros
Todos os direitos reservados e protegidos pela Lei 9.610 de 19/02/1998.
Nenhuma parte deste livro, sem autorização prévia por escrito da editora, poderá ser reproduzida ou transmitida sejam quais forem os meios empregados: eletrônicos, mecânicos, fotográficos, gravação ou quaisquer outros.

Diretor editorial: **Luis Matos**
Editora-chefe: **Marcia Batista**
Assistentes editoriais: **Nathália Fernandes, Rafael Duarte e Raíça Augusto**
Tradução: **Felipe CF Vieira**
Preparação: **Marina Constantino**
Revisão: **Viviane Zeppelini**
Direção de arte e adaptação de capa: **Francine C. Silva e Valdinei Gomes**
Design original da capa: **Fine Design**
Foto: **David Cervan/Getty**

Dados Internacionais de Catalogação na Publicação (CIP)
Angélica Ilacqua CRB-8/7057

L412n

      Lauren, Christina
      Noiva irresistível / Christina Lauren; tradução de Felipe CF Vieira. –
      São Paulo : Universo dos Livros, 2014. (*Beautiful Bastard*, 6).
      160 p.

      ISBN: 978-85-7930-721-8
      Título original: *Beautiful Beginning*

      1. Literatura americana 2. Literatura erótica 3. Ficção I. Título
      II. Vieira, Felipe CF

14-0241   CDD 813.6

Para nossas colegas de *fanfic* – cada uma de vocês –
e para as histórias reais que vocês compartilharam.
Começamos a escrever porque era algo que precisávamos
fazer, mas continuamos por causa de vocês.

C & Lo

— Estou prestes a assassinar alguém — eu disse, empurrando minha parte do trabalho para longe. Bennett nem se dignou a olhar para mim, então acrescentei: — E por *alguém*, quero dizer *você*.

Pelo menos isso arrancou um sorrisinho do rosto dele. Mas eu sabia que, mesmo depois de uma hora, ele continuava no modo "preparativos do casamento" e não pararia de trabalhar roboticamente até que a pilha inteira de papel-cartão desaparecesse. Nossa normalmente imaculada mesa de jantar estava repleta de programas de casamento. Na minha frente, Bennett dobrava metodicamente cada um antes de passar para a pilha dos "terminados".

Era um processo simples:

Dobrar, mover.

Dobrar, mover.

Dobrar, mover.

Dobrar, mover.

Mas eu estava ficando maluca. Nosso voo para San Diego sairia às seis horas na manhã seguinte, e nossas malas estavam todas prontas, com exceção dos quatrocentos programas de casamento que precisávamos dobrar. Soltei um gemido quando me lembrei de que, *além disso*, precisávamos amarrar quinhentas fitinhas azuis em quinhentos saquinhos cheios de doces.

— Sabe o que poderia melhorar muito esta noite? — perguntei.

Seus olhos castanhos olharam para mim por uma fração de segundo antes de voltarem para os programas.

Dobrar, mover.

– Uma mordaça? – ele sugeriu.

– Engraçadinho – eu disse, mostrando o dedo do meio. – Não. O que faria esta noite muito melhor seria entrar num avião para Las Vegas, casar por lá mesmo e depois transar a noite inteira numa cama gigante de hotel.

Ele não respondeu, nem mesmo com um sorrisinho. Certo, certo, admito que provavelmente tinha repetido isso um milhão de vezes nos últimos meses.

– Então tá – respondi para o silêncio dele. – Mas estou falando sério. Ainda não é tarde demais para largar tudo isso e fugir para Las Vegas.

Ele parou um instante para coçar o queixo, depois voltou a dobrar um programa.

– Claro que não é tarde demais, Chloe.

Eu estava só brincando – ou nem tanto – até aquele momento, mas suas palavras realmente me irritaram. Bati na mesa de jantar e ele me olhou por um segundo novamente antes de, adivinhe, voltar a dobrar os papéis.

– Não fale comigo como se eu fosse uma idiota, Ryan.

– Certo. Pode deixar.

Apontei o dedo para ele.

– *Desse jeito.*

Meu noivo me deu um olhar seco, depois piscou.

Maldita piscadela sexy. Minha raiva se dissipou e em seu lugar surgiu uma pontada de desejo. Ele estava me ignorando e me tratando como uma idiota. E eu estava sendo uma cretina.

Era o cenário perfeito para eu ter vários e vários orgasmos.

Olhei em seus olhos e mordi os lábios. Ele vestia uma camiseta azul-escura velha, com o colarinho já todo desgastado e – embora não conseguisse ver – eu sabia que havia um pequeno furo logo acima da barra por onde meu dedo entrava direitinho para sentir a pele quente de seu abdômen. Ele havia usado a mesma camiseta na semana anterior, e eu pedira para que ele continuasse com ela enquanto me comia encostada na pia do banheiro, só para que eu tivesse algo para agarrar.

Me ajeitei na cadeira para aliviar um pouco o formigamento entre minhas pernas.

— Cama ou chão. Você escolhe — fiquei olhando para Bennett enquanto ele permanecia impassível, depois acrescentei num sussurro: — Ou você prefere que eu engatinhe debaixo da mesa para chupar você primeiro?

Deixando escapar um sorrisinho, Bennett respondeu:

— Você não vai se livrar de ajudar nas preparações do casamento usando sexo.

Parei de me insinuar e disse:

— Que tipo de homem diz uma coisa dessas? Você já não é mais o mesmo.

E então ele me deu um olhar sombrio e faminto.

— Juro que ainda sou o mesmo. Só quero terminar isso logo para depois me concentrar em comer você até dizer chega.

— Faça isso *agora* — exclamei, levantando da cadeira e andando até ele. Deslizei os dedos entre seus cabelos e os puxei. Senti a adrenalina em minhas veias quando os olhos de Bennett se fecharam e ele segurou um gemido. — Onde está todo o dinheiro que você fala que tem? Por que não contratamos alguém para fazer isso?

Rindo, ele agarrou meu pulso e tirou meus dedos de sua cabeça. Após beijar minha mão, ele deliberadamente a reposicionou ao lado da minha cintura.

— Você quer contratar alguém para *dobrar programas* na última noite antes de irmos para San Diego?

— Sim! Daí podemos transar!

— Mas não é legal assim também? Apenas desfrutando da companhia um do outro — ele disse, depois ergueu a taça de vinho para tomar um gole de um jeito dramático – e conversando como os noivos felizes que somos?

Fiquei encarando seu rosto e sacudindo a cabeça com sua tentativa de fazer eu me sentir culpada.

– Eu ofereci sexo. Ofereci sexo quente e selvagem no *chão*. E ofereci uma chupada. Você quer dobrar *papel*. Quem é o estraga-prazeres aqui?

Ele ignorou minha pergunta e começou a olhar um dos programas.

– Frederick Mills – ele leu, e eu comecei a tirar minha camiseta –, com Elliott e Susan Ryan agradecem sua presença no casamento de seus filhos, Chloe Caroline Mills e Bennett James Ryan.

– Sim, sim, é tão romântico – sussurrei. – Venha aqui e passe a mão em mim.

– Celebrado pelo ilustre ministro James Marsters.

– Até parece – suspirei e deixei a camiseta cair no chão antes de começar a baixar minha calça. – Vou fingir que é o Spike quem vai fazer a cerimônia, e não aquele velho hilário e demente que encontramos em novembro.

– O ministro James Marsters casou os meus pais há mais de trinta anos – Bennett me repreendeu levemente. – Isso é importante para mim. O fato de ele ter esquecido de fechar o zíper é um lapso que poderia acontecer com qualquer um.

– Três vezes?

– Chloe.

– Tá bom – eu me senti um pouco culpada por fazer piada disso, e por um minuto fiquei quieta, deixando minha memória revisitar nosso encontro com aquele senhor. Ele nos encontrara quando fomos visitar o local do casamento pela primeira vez e tinha conseguido se perder nas três vezes que foi ao banheiro, voltando com a braguilha aberta em cada uma delas. – Mas você acha que ele vai se lembrar dos nossos no...

Bennett me interrompeu com um olhar duro antes de perceber que eu estava apenas de calcinha e sutiã, então sua expressão mudou completamente.

– Eu estava apenas dizendo – comecei a falar enquanto levava as mãos até as costas para abrir o sutiã – que seria pelo menos um *pouco* engraçado se ele se esquecesse do que estava fazendo no meio da cerimônia.

Ele conseguiu voltar a atenção para sua tarefa antes de os meus seios aparecerem, então dobrou o próximo programa passando o polegar com força no papel.

– Você está sendo uma cretina agora.

– Eu sei. E não me importo.

Ele ergueu uma sobrancelha e olhou para mim.

– Estamos quase acabando.

Eu contive minha resposta, pois queria dizer que dobrar programas era o menor de nossos problemas; a próxima semana, com nossas famílias juntas, tinha potencial para ser um desastre de proporções bíblicas, e transar agora mesmo não seria muito melhor do que ficar se preocupando com isso? Só meu pai e suas duas irmãs malucas já conseguiam nos enlouquecer, mas acrescente a família do Bennett, o Max e o Will, então teríamos sorte de sairmos de lá sem um ou dois boletins de ocorrência.

Ao invés de dizer isso, eu apenas sussurrei:

– Só uma rapidinha? Podemos fazer uma pausa?

Ele se inclinou para frente, respirando entre meus seios antes de se mover para o lado e beijar meu peito esquerdo até chegar ao mamilo.

– Quando eu começo algo, não gosto de parar.

– Você não gosta de interrupções, eu não gosto de esperar para gozar. Quem de nós você acha que ganha?

Bennett passou a língua sobre o meu mamilo, depois chupou forte enquanto suas mãos circularam minha cintura, agarraram minha calcinha e a rasgaram com só um puxão.

Uma centelha de divertimento acendeu seus olhos quando ele olhou para mim enquanto chupava o outro mamilo e seus dedos roçavam a junção entre meu quadril e minha coxa.

— Pelo jeito, minha linda noivinha, você vai conseguir o que quer, como sempre, e eu vou terminar de dobrar os programas mais tarde, quando você estiver na cama dormindo como um anjinho travesso.

Agarrando seus cabelos, eu sussurrei:

— Não se esqueça de amarrar os saquinhos de doce.

Ele riu levemente.

— Não vou esquecer.

E então aquela sensação me atingiu novamente: eu o *amava* loucamente. Amava cada centímetro dele, cada emoção que passava por seus olhos, cada pensamento que eu sabia que estava em sua mente, mas que ele não dizia em voz alta:

Primeiro, fui eu quem insistiu para que nós mesmos fizéssemos o máximo possível dos preparativos.

Segundo, fui eu quem assegurou não ter problema que cada parente distante nesse planeta conseguisse um lugarzinho no casamento.

Terceiro, eu nunca, jamais, desistiria da oportunidade de usar meu vestido de noiva no litoral de Coronado.

Mas ao invés de apontar o óbvio – que era ele quem estava levando tudo na esportiva, não eu, e que apesar da minha cretinice eu nunca ficaria satisfeita com um casamento rápido em Las Vegas –, ele se levantou e se virou em direção ao quarto.

— Certo. Você venceu. Mas esta é a última noite em que vou comer você antes do casamento.

Fiquei tão excitada pela parte de "ser comida" que só depois que ele havia desaparecido no corredor minha ficha caiu em relação ao resto da frase.

Bennett já estava se despindo quando me juntei a ele no quarto; fiquei olhando enquanto ele desabotoava a calça e a tirava com a cueca. Ele agarrou a barra da camiseta, com as sobrancelhas levantadas numa pergunta silenciosa – *vai ficar aí só olhando?* – antes de a tirar completamente. Andou até nossa cama, deitou-se de costas, olhou para mim.

– Vem logo – ele disse num rosnado baixo.

Eu me aproximei, mas fiquei fora de seu alcance.

– Quando você diz "a última noite que vou comer você antes do casamento", você quer dizer que vamos transar só durante o dia nesta semana?

Um pequeno sorriso apareceu no canto de sua boca.

– Não. Quero dizer que, depois desta noite, quero me abster até você se tornar minha esposa.

Um pânico pouco familiar cresceu em meu peito, e eu não sabia se deveria levá-lo a sério ou não. Subi na cama e engatinhei sobre ele, me curvando para beijar seu peito.

– Achei que eu sabia o que *abstinência* significa, mas nesse contexto parece que você está me dizendo, em plena terça-feira, que vamos ficar juntos toda a semana e *não* vamos transar até sábado.

– É exatamente isso o que estou dizendo – dedos fortes se emaranharam em meus cabelos e puxaram minha cabeça mais para baixo, para onde seu pau latejava, rígido e liso de excitação.

Parei de beijá-lo na região de sua cintura, que se erguia do colchão numa tentativa de alcançar minha boca.

– Por que diabos você quer se abster?

– Caramba, Chloe, pare de provocar e ponha logo meu pau na sua boca.

Ignorando-o, eu me sentei em suas coxas para que ele não pudesse se mexer caso eu decidisse lhe aplicar algum castigo corporal.

— Você deve estar *maluco* se acha que vou ficar sem sexo por quatro dias seguidos no meio da loucura do casamento.

— Não estou maluco — ele insistiu, tentando deslocar meu corpo para que suas partes tivessem acesso às minhas partes. — Quero que seja especial. E não era você que queria uma rapidinha antes de terminar os preparativos? — ele agarrou minha cintura e me ergueu, colocando-me exatamente sobre seu pau. — Então, pare de resistir.

Mas eu escapei apertando o único lugar em que ele sentia cócegas, entre duas de suas costelas, e com o espasmo ele me soltou e empurrou minhas mãos com força.

Então me inclinei e beijei sua linda boca perfeita.

— Isso foi antes de você sugerir que meu acesso ao seu maravilhoso corpo vai expirar quando bater meia-noite. Sábado será nossa noite de *núpcias*. Até onde sei, essa é uma noite única. Como poderia não ser especial, mesmo se transarmos como coelhos a semana inteira?

— Talvez eu queira deixar você com um pouco de apetite — ele sussurrou, sentando-se debaixo de mim. Sua boca encontrou meu pescoço, minha clavícula, meus seios. — Quero que você fique tão excitada que nem consiga pensar direito — ele aumentou as carícias, agarrando minha cintura, chupando minha pele. Eu estava ciente demais de sua ereção pressionada contra minhas coxas, e queria muito senti-lo dentro de mim e ouvir seus gemidos enquanto ele se perdesse num desejo urgente.

Mas então um pensamento cruzou minha mente.

— Entendi. Você quer me deixar excitada o bastante para não me importar quando você rasgar a lingerie caríssima que comprei para a noite de núpcias, não é?

Ele riu em meus seios.

— É uma boa teoria, mas não é isso.

Eu conhecia Bennett Ryan bem o suficiente para saber que eu não venceria essa batalha. Não aqui, não agora. Dele eu nunca ganhava com palavras; ganhava apenas com ações. Eu me ajoelhei sobre ele e sorri ao ouvir seu pequeno grunhido de frustração. Mas então virei meu corpo para poder prender seu rosto entre minhas pernas ao mesmo tempo em que tomava seu pau com minha boca. Ele estendeu os braços com avidez, agarrando minha cintura e me puxando com força.

Meus olhos se fecharam com o primeiro toque quente de sua língua deslizando em meu sexo, seguido da sucção de seus lábios. Rapidamente me perdi na vibração de seus gemidos, nas palavras abafadas, nas brincadeiras com os dentes antes da sucção voltar mais desesperada. Debaixo de mim, ele impulsionava o corpo para cima e eu envolvi a base de seu pênis com a mão, admirando sua extensão, apreciando sua forma e textura. Eu adorava senti-lo impulsionando os quadris impacientemente.

Com um sorrisinho malicioso, soprei a ponta de seu pau e sussurrei:

– Sua boca é maravilhosa.

Ele gemeu, empurrando ainda mais os quadris, mas eu simplesmente deixei minha boca onde estava, arfando sobre sua grande cabeça, deixando-o sentir o calor da minha respiração. Deslizei uma mão para baixo, envolvendo e acariciando gentilmente um dos sacos enquanto a outra mão trabalhava na base do pau. Na ponta, eu apenas continuei soprando ar quente.

Ele conseguia me fazer gozar mais rápido com sua boca do que com qualquer outra parte, e eu sentia que já estava chegando lá. A sensação combinou com o prazer da minha travessura e se transformou num calor urgente, o meu tipo preferido de orgasmo: a boca de Bennett entre minhas coxas junto do prazer de provocá-lo. Meu êxtase ardeu como chamas descendo por minhas costas e subindo por minhas pernas, explodindo até eu realmente perder toda a noção dos meus movimentos. Eu estava praticamente fodendo seu rosto e puxando seu pau sem ritmo nem propósito.

Ele desacelerou quando meu corpo se acalmou, depois beijou meu clitóris, minha cintura, minha coxa, antes de gentilmente me empurrar e me deitar de costas. Subi minha mão pela minha barriga, passando pelos seios até pousar em meu coração. Não me esqueci de que estava encrencada por ter oferecido a preliminar favorita de Bennett sem ter dado nada em troca, mas nossa, eu precisava de um minuto para desfrutar dos efeitos da boca maravilhosa de Bennett Ryan.

— Isso foi bom demais — eu murmurei, recuperando o fôlego. — Eu acho que a sua boca deve ser alguma divindade grega.

Ele subiu em cima de mim, com os olhos pegando fogo.

— Eu sei o que você está fazendo.

Abri meus olhos e deixei seu vulto entrar em foco antes de perguntar:

— O que eu estou fazendo?

Ele montou sobre minhas costelas e eu sorri, passando as mãos sobre suas coxas quando ele agarrou seu próprio pau e o puxou lentamente para baixo. Sua voz soou como gelo seco quando disse:

— Você acha que vai vencer essa batalha.

— Que batalha?

Ele riu e apoiou a mão no colchão ao lado da minha cabeça, preparando-se enquanto pairava sobre mim. Seu pau estava a apenas alguns centímetros da minha boca quando ele se inclinou para frente e, com a mão livre, fez sua ponta roçar sobre meus lábios. Sem pensar, deslizei a língua para fora, sentindo o sabor de sua umidade. Minha boca salivou e meus mamilos se endureceram. Eu o queria dentro da minha boca, queria vê-lo se mexer para dentro e para fora.

Mas Bennett se afastou um pouco, então tive que me contentar em assistir enquanto ele se masturbava na minha frente.

— Posso ver a pulsação em seu pescoço.

Engolindo em seco, eu perguntei:

— E daí?

— E *daí que* posso ver o quanto você quer isto — ele se inclinou para frente de novo, mal encostando o pau em meus lábios antes de recuar. – Você quer dentro da sua boca – sua mão começou a mexer mais rapidamente, e sua respiração também acelerou. – Você quer em sua língua.

Ele estava certo. Eu queria tanto que sentia minha pele apertada e queimando.

– Não tanto quanto você quer – retruquei, com minha voz entrecortada. – Você não consegue passar nem um dia sem sexo.

Ele ficou parado e então começou a se afastar. Por um único e perfeito instante eu achei que ele fosse abrir minhas pernas para me comer com raiva, mas em vez disso ele apenas inclinou a cabeça para o lado, olhou para mim e depois se levantou.

– O que você está fazendo? – eu perguntei, apoiando o cotovelo no colchão para poder enxergá-lo vestindo a cueca.

– Provando que você está errada.

Ele andou até a porta e desapareceu.

– *Por que você é tão teimoso?* – gritei, e tudo que ouvi de volta foi uma risada no fim do corredor. – E não se esqueça de que eu chupei você hoje de manhã no banho, então tecnicamente você *já* transou hoje!

Ele vai voltar, eu pensei. *Cem por cento de certeza. Eu posso esperar.*

Fiquei deitada olhando para o teto. Minha pele estava corada, e eu sentia uma ansiedade febril entre minhas pernas. Meu corpo ainda não havia sincronizado com meu cérebro e ainda queria correr atrás dele e implorar para que me tomasse de verdade.

O som da geladeira se abrindo quebrou o silêncio no quarto e eu me levantei imediatamente. Ele estava preparando um maldito *lanche*?

Antes que eu pudesse pensar direito, já estava correndo pelo corredor, completamente nua. Meus pés batiam no chão de madeira e entrei na cozinha bem quando ele fechava a geladeira com a mão cheia de comida.

– Você está brincando comigo? – eu disse, parando ao seu lado enquanto ele começava a preparar um sanduíche. – Você vai fazer um maldito sanduíche de peru?

Ele se virou e olhou para mim, movendo os olhos do meu rosto para cada uma das minhas curvas – o cretino não conseguia nem esconder o quanto ele queria me comer – e depois voltou a olhar para meu rosto.

– Já que minha noiva não para de agir como uma maldita provocadora eu vou comer outra coisa enquanto isso.

– Mas... – comecei a pensar na melhor maneira de sugerir para ele *me* comer sem provocar sua raiva sexualmente frustrada. Mas não pensei em nada. – *Seu bruto*.

– Se você quer sexo, vai ter que jogar com as minhas regras. Hoje é o dia, Srta. Mills. Na verdade – ele disse, mostrando um sorrisinho satisfeito –, hoje é o último dia em que vou comer você enquanto ainda tem esse nome.

Ah, não, *isso* eu não poderia deixar passar.

– Ainda não decidimos nada sobre nomes, Sr. Ryan. Meu voto ainda vai para Chloe Myan e Bennett Rills.

– Avise quando estiver pronta, Chloe – ele me encarou por vários segundos, depois aproximou tanto o rosto que tudo que eu precisava fazer era me inclinar um centímetro para beijá-lo. Comecei a fazer isso, mas ele se afastou. – Quando você disser "Por favor, Bennett, eu *preciso* de você", só então vou foder você tão forte que não vai conseguir sentar por vários dias sem se lembrar de como foi.

Minha boca abriu e fechou algumas vezes sem que nenhuma palavra se formasse. Com um sorrisinho sacana, Bennett voltou a preparar seu sanduíche.

Ele estava sem camiseta e seu torso nu parecia não ter fim. Sua pele era macia, lisa e bronzeada por causa das corridas matinais. Os músculos em seus braços ficaram aparentes quando abriu um jarro de mostarda, pegou uma faca na gaveta e abriu o saco de pão. Tarefas tão simples, mas observá-lo parecia como assistir ao melhor e mais erótico filme pornô do mundo. Eu adorava seus ombros, seus cabelos pretos, sua pele bronzeada, seus músculos definidos.

Que filho da mãe.

Assisti à sua língua molhar os lábios. Os cabelos estavam desarrumados e caíam sobre a testa. Quando deixei meus olhos descerem por seu corpo, encontrei a única reação que ele não conseguia esconder. Bennett ainda estava tão duro que seu pau pressionava o tecido fino da cueca.

Meu Deus.

Abri minha boca mais uma vez e, sem olhar para mim, ele se inclinou um pouco para o lado e deixou o ouvido perto dos meus lábios. Sem fôlego, fechei meus olhos com força.

– Bennett...?

– O que você falou? – ele perguntou. – Não ouvi direito.

Engolindo com dificuldade, sussurrei:

– Por favor.

– Por favor, o quê?

Por favor, Bennett, vá se ferrar era a frase que estava na ponta da minha língua. Mas a quem eu estava querendo enganar? Eu queria que ele me comesse logo. Então respirei fundo e admiti:

– Por favor, Bennett, eu preciso de você.

O estrondo veio antes que eu pudesse registrar direito: com um único movimento do braço, Bennett limpou o balcão jogando tudo o que ele havia tirado da geladeira para o chão. O jarro se espatifou e a faca voou longe. Bennett me agarrou e me beijou, forçando sua língua em minha boca, e me permitiu a satisfação de ouvir seu longo gemido de alívio.

Já não era mais uma brincadeira, não era gentil nem cuidadoso. Eram seus braços me jogando em cima da mesa, uma mão puxando meu corpo no mármore frio e me mantendo imóvel com a palma sobre meu peito. Sua outra mão abrindo minhas pernas e puxando a cueca para baixo. E antes que eu pudesse dizer o quanto eu queria isso, antes que pudesse pedir desculpas por provocá-lo tanto – pois eu *queria* pedir desculpas, e alguma coisa em vê-lo tão selvagem me assustou deliciosamente –, antes de tudo isso, ele estava facilmente entrando em mim, tão fundo e tão forte, depois saindo rapidamente, movendo os quadris com perfeitos golpes de punição.

Tirando o peso da mão sobre meu peito, ele agarrou minhas pernas e deu um passo à frente, puxando-as para cima de seus ombros e acertando aquele ponto tão fundo que eu sentia sua força reverberando por todo meu corpo. Ele deslizou as mãos até minha cintura e me segurou no lugar enquanto me comia, com a cabeça jogada para trás, alcançando o *seu* prazer agora. O balcão era firme o bastante para aguentar a força de seus movimentos, mas eu estiquei os braços e agarrei a beirada para poder jogar meu corpo ainda mais contra o dele. Não era suficiente; eu precisava de mais, mais fundo, mais molhado, mais forte. Ele havia dito que eu não poderia ter isso por vários dias e sabia muito bem que seu toque era a *única* coisa que me mantinha sã naquele furacão de estresse. Eu precisava tê-lo mais fundo dentro de mim do que jamais tinha tido, e fiquei obcecada com a ideia de que conseguiria, de algum jeito.

– Meu Deus, você está completamente *encharcada* – ele gemeu, abrindo os olhos para me encarar. – Como vou conseguir não transar com você? Você não tem ideia do quanto eu preciso disto.

– Então por quê? Por que dizer que não podemos?

Ele se abaixou, fazendo minhas pernas dobrarem até minhas coxas pressionarem meu peito.

– Porque é a única vez em minha vida que poderei parar, relaxar e apenas aproveitar ficar perto de você – ele suspirou e lambeu meu pescoço; a língua, os dentes, o toque, foi como fogo queimando minha pele. – Quero não ficar pensando o tempo inteiro sobre onde eu poderia levar você para ficarmos sozinhos por dez, quinze minutos, uma hora. Não quero ficar com raiva de ninguém por nos manter separados enquanto estão lá para festejar – ele disse, ofegando em silêncio. – Estou obcecado por você, com *isto*. Quero mostrar a você que eu posso me conter.

– E se não for isso o que *eu* quero?

Bennett enterrou o rosto em meu pescoço e diminuiu a velocidade, mas eu conhecia seu corpo bem o bastante para saber que ele estava na beira do abismo, quase atingindo o ápice. Ele se esfregou em mim, encontrou aquele ponto perfeito e o ritmo que me distraía da minha pergunta e me fazia querer me concentrar na sensação entre minhas pernas.

Eu estava presa debaixo dele e Bennett começou a se concentrar em meu prazer, penetrando tudo dentro de mim, levando-me às alturas até eu agarrar seus ombros e enterrar as unhas em sua pele. Minhas costas estavam doloridas por causa do tampo de mármore, duro e frio, mas a crescente urgência de seus movimentos fazia eu não me importar. Eu poderia ficar marcada, mas não tinha problema. Eu não queria mais nada além de gozar com ele.

Quando meu orgasmo me atingiu, a sensação que tomou meu corpo disparou um lampejo de eletricidade por minha pele, deslizando para dentro e para fora até eu não saber se aguentaria mais a sensação de ser preenchida, de ser atacada, e de gozar tão forte que tudo se escureceu. Eu gritei e puxei seu corpo contra o meu, precisando sentir todo seu peso sobre mim.

Seus movimentos aceleraram e se tornaram mais selvagens, depois ele se arqueou e também gritou, sua voz ecoando pelo teto enquanto gozava até a última gota.

Apesar do frio do tampo, nós estávamos suados e sem fôlego. Bennett se endireitou e continuou a me penetrar, agora mais devagar. Como se não quisesse parar mesmo que precisasse, ele entrava e recuava, observando toda a minha pele corada.

Ele já havia gozado, mas parecia que ainda não tinha *terminado*. Ao invés disso, ele parecia um predador que provou rapidamente sua presa e agora queria se empanturrar antes de voltar para a selva. Eu adorava esse seu lado: o Bennett que parecia mal conseguir se controlar, tão diferente do jeito contido do dia a dia. Seus olhos estavam sombrios e quase fechados. Mãos famintas tocavam o ponto aquecido entre minhas pernas, subindo por minha cintura, chegando aos seios, onde beliscou meus mamilos com força. As mãos tomaram meus seios e os apertaram em direção à sua boca quando ele se abaixou e chupou minha pele com vontade.

– Não me deixe marcada, seu bruto – eu disse, e minha voz saiu pequenina e rouca. – Meu vestido...

Afastando o rosto, ele me encarou com uma expressão de quem acabara de entender que vivemos num mundo com outras pessoas, e que precisaríamos interagir com essas pessoas num futuro próximo em nosso casamento. Um casamento em que eu usaria um vestido tomara que caia que mostraria todas as mordidas e chupões que ele estava prestes a fazer.

– Desculpe – ele sussurrou. – Eu só queria...

– Eu sei – agarrei seus cabelos e o puxei, desejando poder ficar assim para sempre: eu de costas na mesa da cozinha, ele de pé e inclinado sobre mim.

Bennett exalou profundamente, prendendo-me debaixo do peso de seu corpo. De repente, ele parecia exausto. Nos últimos meses ele não apenas ajudou em cada estágio do planejamento, mas também fez tudo o que podia para me manter sã: e tudo isso *tinha* que deixá-lo exausto. Mergulhei os dedos em seus cabelos e fechei os olhos, adorando esse vislumbre do Bennett como mero mortal, como um homem que era capaz de se exaurir ou que precisava de um lembrete para ser mais gentil. Ele era o amante perfeito, o chefe perfeito, o amigo perfeito. Como conseguia isso? Tenho certeza de que, de vez em quando, ele só queria uma namorada tranquila, uma mulher que não discutisse com cada pensamento que ele tivesse. Uma pontinha

Noiva irresistível

de dúvida passou por minha mente, mas então parei e comecei a sorrir.

Bennett Ryan era um filho da mãe perfeccionista, teimoso, exigente e faminto por poder. Nenhuma outra mulher sobreviveria mais do que dois segundos com ele.

Caramba, às vezes eu também adoraria ter um homem dócil e educado, mas de jeito nenhum eu trocaria meu cretino irresistível.

Ele se levantou, beijou entre meus seios e, com um gemido relutante, saiu de dentro de mim. Abaixando-se, apanhou a cueca e a vestiu antes de olhar mais uma vez para meu corpo ainda corado e suado.

– Vou terminar os programas e amarrar os malditos saquinhos de doce – ele disse, passando a mão no rosto. – Você tem uma cozinha para limpar se quiser mais disso na cama depois.

– Humm, não – eu protestei, apoiando um cotovelo. A cozinha estava um desastre. – Eu termino os programas.

– Você vai arrumar a cozinha – ele disse, com a voz firme. – E se apresse, Srta. Mills. Mostarda deixa mancha.

Dois

Estávamos em San Diego há exatas duas horas e eu já estava arrependido de não ter aceitado a proposta de Chloe de fugirmos para Las Vegas.

Como se pudesse ouvir meus pensamentos, essa mesma mulher se virou no assento ao meu lado. Eu podia sentir sua atenção, a pressão de seu olhar enquanto me observava e tentava dissecar todos os meus grunhidos de insatisfação.

– Por que você está nervoso? – ela finalmente perguntou.

– Estou bem – eu respondi, tentando parecer desinteressado, mas falhando miseravelmente.

– Não é o que parece, considerando a força com que você está segurando o volante.

Franzi ainda mais o rosto e imediatamente parei de segurar a direção com tanta força. Estávamos a caminho do jantar em que a maior parte de nossas famílias iria se encontrar pela primeira vez. Parentes vieram de toda parte: Michigan, Flórida, Nova Jersey, Washington, até mesmo do Canadá. Muitos deles eu não via há mais de vinte anos. Ao todo, mais de trezentas e cinquenta pessoas chegariam nos próximos dias. Só Deus sabia o que teríamos pela frente. Num bom dia, eu odiava conversa fiada. Na semana anterior ao maior evento da minha vida, eu estava morrendo de medo de me comportar como o maior cretino do mundo e fazer todo mundo ir embora antes mesmo da cerimônia.

Inclinando-se para frente para que eu olhasse para ela, Chloe perguntou:

– Você não está entusiasmado para essa semana?

– Sim, é claro. Estou apenas com medo de hoje à noite. Não sei como vou lidar com ter que fazer todo o social.

– Meu palpite é que você não vai lidar muito bem – ela disse, dando um soquinho em meu ombro.

Eu ri um pouco e lancei um olhar de desdém.

– Valeu, ajudou muito.

– Olha, apenas espere até você conhecer minhas tias – ela disse, beijando meu ombro no mesmo lugar onde havia dado o soco. – Vai ser a distração de que você precisa.

O pai de Chloe havia viajado da Dakota do Norte com suas duas irmãs excêntricas. As duas haviam recentemente passado por divórcios, e Chloe prometera que elas tinham o potencial para ser o maior desastre da semana. Eu achava que era cedo para entregar esse troféu: Chloe ainda não conhecia meu primo Bull.

– Você vai se esquecer de tudo e só se preocupar com o que elas vão aprontar em seguida, e de quanto dinheiro você vai precisar para pagar a fiança – Chloe começou a mexer no rádio, parando numa musica pop estridente. Virei para ela, concentrando uma vida inteira de ódio à música pop em meu olhar.

Satisfeita por me deixar irritado o bastante, ela se recostou no banco.

– Então, o que mais está irritando você? Você não está tendo dúvidas sobre se casar comigo, não é?

Respondi com outro olhar que dizia *Você está maluca?*

– Certo – ela riu. – Então, fale comigo. Diga o que está se passando nessa sua cabecinha.

Peguei sua mão e entrelacei nossos dedos.

– Só estou preocupado com o caos que se anuncia – eu disse, encolhendo os ombros. – Este casamento se tornou uma coisa tão *enorme*. Você sabia que minha mãe enviou quatorze mensagens de texto desde que entramos no avião? *Quatorze*. Com coisas tipo *onde podemos tomar café em San Diego*, até *será que o Bull pode depilar as costas no hotel?* Como se eu soubesse! Você disse isso ontem: o casamento se tornou uma entidade. Não acredito que estou falando isso, mas agora estou pensando se você estava certa quando sugeriu que fôssemos para Las Vegas.

Ela me respondeu com seu clássico sorrisinho de satisfação.

– Na verdade, acho que eu disse "correr" para Las Vegas. Tipo, fugir mesmo.

– Certo.

– Sabe, não estamos tão longe do aeroporto – ela lembrou, fazendo um gesto para a janela por onde ainda podíamos ver aviões decolando e pousando. – Não é tarde demais para escapar.

– Não me tente – eu disse, pois por mais que suspeitasse estarmos indo em direção a um desastre, eu não queria ir embora de verdade. San Diego sempre foi especial para nós: foi onde eu parei de ser um idiota e finalmente me permiti amar Chloe. Foi onde a *Chloe* finalmente me deixou amá-la. E, meu Deus, já tinham realmente se passado dois anos? Como isso era possível? Parecia que ontem mesmo eu estava discretamente checando a bunda da Srta. Mills no escritório.

Nós tínhamos estado aqui mais uma vez, claro, para escolher o local da cerimônia. E aquela viagem tinha sido tão atrapalhada, mas desta vez o peso era muito maior. Estávamos ali para nosso *casamento*. Apesar de sua invasão à minha despedida de solteiro, apesar de termos comprado um apartamento juntos em Manhattan, e apesar do anel no dedo de Chloe, foi só naquele estranho momento de nervosismo que a ficha começou a cair. Estávamos nos casando. Quando eu fosse embora dali de novo, Chloe seria minha *esposa*.

Puta merda.

Passei minha mão trêmula em minha testa suada.

– Você está quieto demais. Por acaso esse silêncio significa que você está *mesmo* considerando fugir? – Chloe perguntou.

Eu sacudi a cabeça.

– Claro que não – disse, apertando sua mão. – Estamos aqui. E não existe chance alguma de você não andar até o altar. Eu lutei demais por você.

– Pare com isso, Bennett. É muito mais fácil lidar com você quando do está se comportando como um cretino.

– E eu já aguentei você demais – eu acrescentei, sorrindo quando senti seu punho acertando meu ombro mais uma vez. – Mas sinto que deveria avisar você de novo. Alguns membros da minha família são um pouco...

– Malucos? Do tipo que constroem uma fábrica de vitaminas na garagem? Do tipo que pagam milhares de dólares para anunciar em revistas de geriatria?

Franzi o rosto.

– Como é? Quem fez isso?

– Seu primo Bull – ela respondeu. – Henry me contou algumas histórias no telefone. Aparentemente é sua nova empreitada. Ele vai tentar encontrar investidores oferecendo o negócio para o Will e o Max.

– Por que eu estou surpreso?

Ela deu de ombros.

– Famílias são sempre um problema, Bennett. Se não fosse assim, ninguém nunca sairia de casa. E os meus familiares não são lá muito normais também. Você sabe que minhas tias são um pouco... Vamos apenas dizer que elas realmente vão se dar bem com os Ryan. Espero que você tenha trazido seu tênis de corrida.

– Bom... – eu comecei a dizer, mas parei quando ela cruzou as pernas. – Chloe?

Ela mexia na perna, arrumando uma meia que não existia.

– Humm?

– Que diabos você está *usando*?

– Gostou? – ela disse, erguendo o pé e o movendo de um lado a outro. Seus sapatos pareciam realmente perigosos. Saltos muito altos e couro muito azul-escuro.

– Você estava usando isso quando saímos do hotel?

– Sim. Você estava ao telefone com seu irmão.

Nunca fui de prestar muita atenção no que Chloe vestia, mas a movimentação dentro da minha calça me dizia que eu definitivamente já tinha visto esses sapatos antes – sobre meus ombros, se eu não estava enganado. – Onde eu já vi esses sapatos?

Noiva irresistível

– Ah, sei lá – maldita mentirosa. – Em casa?

Em casa, em nosso quarto.

Com a caixa que guardávamos debaixo da cama. E as coisas que fazíamos quando tirávamos a caixa de lá.

Lembrei da noite em que ela tinha usado esses sapatos, quase dois meses antes. Nós não nos víamos há semanas e eu não conseguia tirar as mãos dela. Ela apanhara os sapatos junto a algo novo que queria tentar: um frasco de cera quente. Eu ainda podia sentir o calor de quando ela despejara a cera sobre a minha pele e os arrepios que irradiaram pelo meu corpo quando a cera se acumulava num ponto. Ela me provocou por tanto tempo que eu cheguei a prometer que lhe daria café da manhã na boca de joelhos no dia seguinte. Gozei tão forte que quase apaguei naquela noite.

– Você está fazendo isso para me ferrar, não é? Por causa da abstinência até o casamento, certo?

– Com certeza.

Encontramos uma vaga para estacionar a apenas um quarteirão do restaurante Barbarella, no bairro de La Jolla, e desci do carro para abrir a porta para Chloe. Tomei sua mão e fiquei olhando enquanto ela saía, com suas pernas bronzeadas que não acabavam mais e os sapatos que poderiam facilmente empalar uma pessoa.

– Você é diabólica – eu disse. – Eu me sinto como uma noiva defendendo minha virgindade antes do casamento.

– Bom, então sinta-se à vontade para desistir dessa ideia – ela disse, ficando na ponta dos pés para me beijar.

Eu gemi, mas de algum jeito consegui me afastar. Então, nós dois olhamos na direção do restaurante.

– Aqui vamos nós...

—

Antes de chegarmos nós já podíamos ouvir nossos pais conversando em uma mesa no pátio do restaurante.

– Você precisa se certificar de que elas vão sentar juntas – dizia o pai de Chloe.

– Besteira, Frederick, elas vão ficar bem – meu pai, sempre o diplomata. – Susan pensou bastante sobre a disposição dos lugares e ela sabe o que está fazendo. Tenho certeza de que suas irmãs são encantadoras. Vamos deixar que os outros tenham uma chance de conhecê-las.

– Você quer que elas fiquem sozinhas com outras pessoas? Acho que você não entendeu bem a situação, Elliott. Minhas irmãs são *malucas*. As duas acabaram de se divorciar e estão loucas para conhecer solteiros. Elas vão caçar todos os homens disponíveis em um raio de dez quilômetros se você permitir.

Segurei Chloe na porta do restaurante, pousando minhas mãos em seus ombros e olhando em seus olhos castanhos.

– Você está pronta para isso? – perguntei.

Ela subiu na ponta dos pés de novo e beijou meu rosto.

– Não, não estou.

Tomei sua mão e entramos no restaurante a tempo de ver meu pai rindo.

– Você não acha que está exagerando um pouco?

Frederick suspirou.

– Queria estar. Eu...

– Ah, até que enfim – Henry disse, interrompendo a conversa e se dirigindo até mim. Nossos pais olharam em nossa direção enquanto Henry continuou: – Eu já estava ficando preocupado, achando que vocês dois não apareceriam e eu teria que arrastá-los pelados daquele hotel.

– Que imagem horrível – eu disse, abraçando meu irmão. – E por causa disso, vou banir você do meu andar.

– Bennett – meu pai disse e me abraçou em seguida. – Frederick e eu estávamos discutindo o arranjo dos lugares.

– E o desastre que seria deixarmos Judith e Mary separadas – Frederick acrescentou, direcionando as palavras para Chloe.

Chloe abraçou meu pai e depois foi abraçar o dela.

– Susan não vai gostar do que vou falar agora – ela disse para meu pai –, mas tenho que concordar com o meu pai. Deixe as duas juntas; é melhor que não dominem mais espaço do que o necessário. Teremos menos fatalidades assim.

Com isso resolvido, puxei meu pai para o lado para deixar Chloe ter um momento a sós com Frederick.

O restaurante ficava à beira-mar, e minha mãe havia fechado o lugar inteiro. Eu tinha que admitir que era perfeito. Escondido numa pitoresca vizinhança, o restaurante era inteiro cercado de jardins meticulosamente cuidados, e toda superfície parecia coberta com adoráveis plantas. Naquele momento, com o sol se pondo, a grande área ao ar livre onde ficavam as mesas cintilava com linhas de pequenas luzes brancas. As mesas estavam começando a ficar cheias, e eu percebi que não conseguia identificar nem metade das pessoas que estavam sorrindo em nossa direção.

– Quem diabos são essas pessoas?

– Quer falar um pouco mais alto? Sua tataravó provavelmente não ouviu. E eles são da família. Primos, tias... sobrinhos de quarto grau – ele franziu as sobrancelhas quando olhou para a fila que se formava no bar. – Na verdade, nem eu sei direito. Aqueles ali já estão bebendo, então eles devem ser da família da sua mãe – ele apertou meu ombro. – Não diga a ela que eu falei isso.

– Ótimo. Mais alguém?

– Acho que sim – meu pai disse. – Seus tios estão aqui. Ainda não vi seus primos.

Eu estremeci por dentro. Henry e eu passamos a maior parte de nossos verões com nossos dois primos, Brian e Chris. Brian era o mais velho dos quatro primos, e o mais sério e calado, bem parecido comigo. Éramos muito próximos. Mas Chris – ou Bull, como insistia em ser chamado – fazia qualquer um querer fugir. Minha mãe costumava dizer que o Chris apenas queria ser igual a nós, e gostava desse apelido para poder se juntar ao time do "B": Brian, Bennett, Bull. Sempre achei que isso era besteira. Afinal de contas, Henry começava com "H", e a capa térmica de cerveja personalizada que Brian sempre levava para as festas, com suas camisas desabotoadas e correntes de ouro, sugeriam que ele não se importava nem um pouco em ser uma pessoa única. Chris gostava da ideia de ser chamado de Bull simplesmente porque ele era um idiota.

– Tenho certeza de que o Bull está animado para encontrar você – meu pai disse com um sorrisinho.

– Vou ficar de olho – disse. – E tenho certeza de que Lyle se lembrou de um monte de novas histórias da marinha para contar durante o jantar. Talvez até fale sobre os resultados do exame de próstata.

Meu pai assentiu, segurando uma risada enquanto acenava para alguém do outro lado do pátio. O irmão mais velho de meu pai, Lyle, pai do Bull, parecia não ter noção de nada. Ao longo dos anos, perdi a conta de suas histórias absurdas sobre a marinha, funções corporais nojentas, pessoas no campo que mantinham "relações" com animais e as várias verrugas que sua esposa precisou remover das costas.

– Talvez eu devesse sugerir que ele conte uma dessas histórias durante o brinde, o que você acha?

Rindo, eu disse:

– Eu darei a você um dólar inteiro se você fizer isso, pai.

Minha mãe se aproximou, beijando meu rosto antes de lamber o polegar e esfregar o que imaginei que fosse uma grande mancha de batom. Desviei e apanhei um guardanapo na mesa.

– Por que você não vestiu seu terno azul-marinho? – ela perguntou, arrancando o guardanapo da minha mão para ela mesma limpar meu rosto.

– *Oi*, mãe. Você está linda.

– Oi, querido. Eu gosto do terno azul-marinho muito mais do que desse.

Olhei para o terno Prada cinza que eu usava alisando o paletó.

– Eu gosto deste – *além disso, arrumei minhas malas às duas da madrugada embriagado pelo sexo*, pensei.

– Azul seria mais apropriado para hoje – ela estava praticamente tremendo de tão nervosa. – Com esse parece que você está indo para um funeral.

Meu pai ofereceu seu coquetel e ela tomou tudo de um gole só antes de voltar para a mesa.

– Bom, isso foi divertido – eu disse e meu pai riu.

Chloe se juntou a nós – claramente um pouco exasperada por ter lidado com seu pai – e começamos a circular pelo pátio, cumprimentando a todos e reencontrando velhos amigos e familiares. Um pouco depois, minha mãe anunciou que o jantar seria servido, então todos começaram a entrar no salão.

Encontrei nossos lugares perto do centro do salão. Chloe sentou-se à minha direita, com seu pai ao seu lado. Meu pai aparentemente aceitou o conselho de Frederick, pois as tias da Chloe – Mary e Judith – estavam sentadas juntas, rindo muito e fazendo um escarcéu. Chris... *Bull* fez sua grande entrada enquanto todos se sentavam, gritando meu nome e erguendo sua lata de cerveja – com a velha capa térmica, é claro. Seus olhos mediram Chloe mais devagar do que seria humanamente possível, e depois ele fez sinal de "joia" para mim.

Pensei em depois pedir a um amigo que trabalha na Receita para colocá-lo na malha fina.

Só de brincadeira, é claro. Ou não.

O jantar consistia em filé de salmão ao molho *beurre blanc*, purê de batata e tomate. O prato estava perfeito, e quase conseguia me distrair de toda a conversa ao redor.

– Você está brincando? – Bull gritou do outro lado do salão para uma tia de segundo grau da família de minha mãe. – Você só pode estar brincando. Os torcedores dos Eagles passam a vida inteira sentindo que não recebem o crédito que merecem. Você quer atenção e elogios? Então vença pelo menos *um jogo*! É isso que estou tentando dizer – Bull tomou um gole gigante de cerveja e segurou, mas não muito, um grande arroto. – E outra coisa, você é velha, então deve saber a resposta para isso: por que diabos o programa *Roda da Fortuna* ainda existe? Você sabia que eles têm até um site onde você pode vestir a Vanna White, com se ela fosse uma maldita boneca? Não que eu mesmo tenha entrado no site... – ele olhou para cada um dos infelizes ao redor que escutaram ou não seu deslize. – Mas que diabos é tudo aquilo? E vou dizer uma coisa, ela já está meio velha, mas a verdade é que se eu encontrasse uma mulher tão gostosa daquele jeito para andar por aí acenando para os carros como ela faz na tevê... - ele imitou o gesto com as mãos. - Você sabe, eu faria uma fortuna.

- Meu Deus - Chloe sussurrou em meu ouvido. - Já temos o primeiro desastre da noite.

Tomei um gole da minha bebida.

- Eu avisei.

- Você cresceu com esse cara?

Confirmei, estremecendo enquanto tomava o resto da bebida num único gole que desceu queimando.

- Ele sempre foi assim?

Confirmei de novo, suspirei e depois limpei a boca com o guardanapo. Chloe olhou ao redor do salão, primeiro para meu primo Brian, que sempre esteve em forma e era considerado um homem bonito por todos. Depois olhou para meu pai e seus irmãos, Lyle e Allan, os dois ainda muito bonitos para sua idade. Também olhou brevemente para Henry e para mim, antes de voltar a olhar para Bull. Eu podia praticamente ver sua mente mapeando os genes da família Ryan.

- Você tem certeza de que ninguém pulou a cerca na sua família? Tipo, não há chance de ele ser filho do leiteiro...?

Eu explodi numa risada tão alta que quase todo mundo no restaurante olhou para mim.

- Preciso de outra bebida - eu disse, momentaneamente inclinando a cadeira apoiada nas duas pernas de trás.

Meu celular começou a vibrar no meu bolso e, quando apanhei, estava cheio de mensagens da minha mãe.

Querido, seu cabelo está uma bagunça.

Eles estão servindo o DeLoach Pinot? Achei que tínhamos deixado o Preston Carignane na mesa de vinhos.

Diga para seu pai parar de apresentar a tia Joan como a Garimpeira. Não sei por que ela está usando tanto ouro, mas ele está sendo deselegante.

Noiva irresistível

Escapei para o bar em busca de uma dose de Johnny Black. Também aproveitei para verificar por onde poderia escapar se fosse preciso – eu amo minha família, mas, meu Deus, essas pessoas são malucas. Alguns instantes depois, senti um toque em meu ombro.

– Então, você é o cara que está se casando com Chloe.

– Isso se ela não cair na real e fugir correndo... – disse, virando para as duas mulheres atrás de mim. Imediatamente eu identifiquei quem eram. – Vocês devem ser as tias da Chloe, certo?

Uma delas assentiu, e todo seu cabelo armado balançou junto.

– Eu sou Judith – ela disse, depois apontou para sua irmã. – Esta é Mary.

Judith tinha um cabelo que parecia algum tipo de doce: armado e com muita tintura vermelha, igual a um algodão doce. Poderia ser apenas impressão, mas juro que ela também cheirava a morango. Sua pele ainda era relativamente lisa considerando sua idade – sessenta e pouco, se Chloe estava certa – e os olhos castanhos pareciam sagazes enquanto olhavam para mim. Mary possuía as mesmas feições de sua irmã, mas seu cabelo era muito mais controlado e discreto. E embora Judith fosse tão alta quanto Chloe, batendo no meu queixo, Mary não tinha mais do que um metro e meio.

Estendi a mão para cumprimentá-las.

– É um prazer finalmente conhecê-las – disse, sorrindo educadamente. – Chloe me contou histórias maravilhosas sobre vocês.

Em vez de apertar minha mão, as duas me puxaram ao mesmo tempo para um *longo* abraço.

– Mentiroso – Mary disse com um sorriso. – Nossa sobrinha diz muitas coisas, mas não fica fazendo elogios falsos por aí.

– Ela me contou que costumava passar os verões com você. A frase que ela mais usava era "elas são muito divertidas" – achei melhor não acrescentar "e malucas".

– Bom, nisso eu posso acreditar.

– Vocês estão gostando de San Diego? – eu perguntei ao me recostar no bar. Eu podia ver a Chloe com o canto do olho, e como eu esperava, Bull havia sentado em meu lugar para fazer companhia a ela. Parte de mim queria ser seu cavaleiro e resgatá-la, mas uma parte maior pensava diferente: se havia uma mulher no mundo que não precisava ser resgata, essa mulher era Chloe.

– Oh, estamos nos divertindo muito – Judith disse, trocando olhares com sua irmã. – E vamos continuar assim. Você sabia que essa é a primeira vez em trinta anos que nós duas estamos solteiras? Esta cidade não sabe o que a espera. Nós vamos compensar o tempo perdido... ou morrer tentando.

Não consegui evitar uma risada. Estava começando a perceber que aquela honestidade brutal era um traço da família Mills.

– Então, qual é o plano? – perguntei. – Vocês vão passar um tempo na praia e conquistar alguns corações?

– Algo desse tipo – Mary disse, dando uma piscadela.

Judith ficou ao meu lado e baixou o tom de voz.

– Conte sobre sua família – ela pediu, ansiosa e olhando o salão com atenção. – Você só tem um irmão? E tios? Algum solteiro?

Eu sacudi a cabeça, rindo novamente. Frederick realmente estava certo.

– Apenas um irmão. E desculpe, mas com exceção daquele que está falando com minha noiva – elas olharam para Bull e desanimaram um pouco – todos os homens estão comprometidos.

– Oh, meu *Deus* – ouvi a voz da Judith, repentinamente suave. Segui seu olhar até a porta da frente, por onde Will e Hanna tinham acabado de entrar. Num instante, Chloe e Sara praticamente pularam em cima de Hanna, deixando Will com aquele sorrisinho estúpido que agora nunca saía de seu rosto. Eu sentia falta de seu jeito irônico. Sentia falta de suas piadinhas sobre casais. Deus, agora ele mesmo estava totalmente enlaçado.

Ele me encontrou e aparentemente leu meus pensamentos, pois me mostrou o dedo do meio. E de repente, mesmo sabendo que era errado e que Chloe iria me matar se descobrisse, comecei a pensar num plano.

Quer dizer, era impossível não fazer isso.

- Quem é aquele ali? – Judith perguntou quase sem voz e com jeito de quem estava prestes a ter um ataque de asma.

- Aquele é o Will. Ele trabalha com o Max, aquele britânico com a noiva grávida.

- Ele está disponível?

Judith perguntou ao mesmo tempo em que Mary dizia:

- Ele é hétero?

Eu podia sentir minha consciência tentando me dizer alguma coisa. Uma pequena parte de mim estava tentando me impedir de fazer o que eu estava prestes a fazer, insistindo que essa não era uma boa ideia.

- Ah, ele é definitivamente hétero – eu disse. *E não era mentira.* – E ele é muito divertido. Muito, muito divertido – *tecnicamente também não era mentira.*

Mary apertou meu braço e perguntou:

- Quem é a garota com ele?

- Aquela é a Hanna. Ela é... uma velha amiga da família – *ainda não era mentira.* – Vocês deveriam ir se apresentar.

- Ele não é casado? – Mary perguntou, com seu estojo de maquiagem nas mãos e retocando o batom. Aquelas mulheres eram determinadas.

- Casado? *Nããããooo.* Definitivamente não é casado – *também não era mentira.*

- Ótimo – as duas disseram juntas.

Olhei rapidamente para os lados antes de envolver as duas em meus braços e dizer baixinho:

- Vou contar um segredo para vocês, mas vocês não podem contar para ninguém que fui eu quem falou – olhei para cada uma e elas assentiram, com olhos arregalados e animados. – Nosso amigo Will é um cara selvagem. Ele é insaciável e tem reputação de ser bom naquilo, se é que vocês me entendem. Só que tem uma coisa. Ele gosta de mulheres *experientes.* E gosta quando elas vêm em pares.

As duas pararam de respirar e se entreolharam. Tive a sensação de que uma longa conversa telepática aconteceu antes de elas voltarem a olhar para mim.

- Entenderam? - eu perguntei.

- Oh, nós entendemos - Mary disse.

Eu vou acabar no inferno por causa disso.

Fiquei olhando enquanto Judith e Mary foram em direção ao Will. Hanna, Chloe e Sara já não estavam mais com ele.

Ele estava sozinho e vulnerário, perfeito.

Me ocorreu que, para fazer isso funcionar, teria que ganhar tempo com a pessoa mais importante para essa missão. Procurei por Hanna e a encontrei voltando dos fundos, ajeitando seu vestido azul-safira.

Eu praticamente corri até ela.

- Como você está? - eu falei alto demais e com muito entusiasmo para alguém que acabou de sair do banheiro.

Ela se surpreendeu e parou imediatamente.

- Bennett - ela disse, pressionando a mão no peito. - Você me assustou.

- Oh, desculpe. Só queria uma chance de conversar com você antes de as garotas a sequestrarem de novo.

- Humm, ceeeerto... - ela disse, olhando ao redor e claramente confusa com minha concentração nela.

- Como foi o seu voo? - eu perguntei.

Ela relaxou e sorriu, tentando olhar sobre meu ombro para onde Will estava sentado, provavelmente no meio das coroas. Dei um passo para o lado para bloquear sua visão.

- Foi... - ela começou a dizer.

- Bom, bom - eu disse, percebendo tarde demais que nem a deixei terminar de responder. - Olha, eu queria falar uma coisa para você - *seja casual, Bennett. Aja como se não fosse nada demais. Fique calmo.*

Seus lábios se curvaram num sorriso curioso.

Noiva irresistível

– Certo.

– Você sabe como o Will é cheio de querer pregar peças – ela assentiu e eu continuei. – Eu acabei de fazer uma coisa para me vingar e eu juro – disse, pousando uma mão em seu ombro –, eu juro, Hanna, que você vai achar hilário... eventualmente.

– Eventualmente?

– Com certeza. Eventualmente.

Ela me olhou com os olhos cerrados.

– É só uma pegadinha, né? Nada de cabeça raspada ou cicatrizes?

Eu me afastei e olhei em seu rosto.

– Isso foi uma pergunta muito específica. *Cicatriz?* Não, não, não. É uma pegadinha inocente – mostrei meu melhor sorriso, aquele que a Chloe dizia que fazia calcinhas irem direto para o chão. Mas aparentemente isso apenas deixou Hanna mais desconfiada.

Seus olhos ficaram ainda mais cerrados.

– O que eu preciso fazer?

– Nada – eu disse. – Provavelmente você vai testemunhar umas coisas estranhas, mas... apenas aja naturalmente.

– Então basicamente eu tenho que fingir que não sei de nada.

– Exatamente.

– E isso vai ser engraçado?

– Vai ser hilário.

Ela pensou por uns dez segundos antes de estender a mão.

– Combinado.

—

O Hotel Del Coronado foi construído em 1888 nas areias finas das praias de Coronado Island. Com seus incríveis telhados vermelhos e construções branquíssimas, visitar o local era como ser jogado no meio de um cartão-postal da era vitoriana. Chloe e eu já havíamos ficado aqui alguns meses antes, enquanto procurávamos por possíveis locais para o casamento. Apenas uma olhada para o oceano da nossa janela foi suficiente para nos convencer: era aqui que queríamos nos casar.

Na viagem de volta ao hotel após o jantar, meus nervos continuavam à flor da pele, mas por uma razão inteiramente diferente. Chloe era esperta – mais esperta do que eu, na verdade – e ela me observou durante toda a noite e me estudou cuidadosamente. Agora, ao nos aproximarmos do hotel, ela podia estar sentada em silêncio ao meu lado, mas de jeito nenhum estava apenas admirando a paisagem. Se eu a conhecia tão bem quanto pensava, ela estava silenciosamente planejando como me pegar.

E era por isso que eu tinha meu próprio plano.

Viramos a última curva e chegamos ao hotel. Os prédios estavam iluminados por todos os ângulos e se destacavam contra o céu negro da noite. Apalpei o pequeno frasco em meu bolso e olhei para o relógio, pensando que era a coisa mais esperta ou a coisa mais estúpida que já tinha feito. Descobriríamos em breve.

Estacionei, peguei minha garrafa de água e praticamente pulei do carro, desesperado por ar fresco, livre do perfume da Chloe, e por um momento para esclarecer meus pensamentos. Tomei um gole gigante de água pensando no Plano. Eu tinha provavelmente dez minutos antes de chegar ao quarto.

Respirando fundo, entreguei as chaves para o manobrista e contornei o carro, sorrindo para Chloe quando apanhei sua mão.

O murmúrio de vozes e uma gentil música nos receberam quando entramos no saguão e seguimos para o elevador. Não pude deixar de pensar sobre a última vez em que Chloe e eu estivemos ali juntos: quando eu a comi naquele colchão gigante até ela gritar meu nome, e depois a chupei na varanda, e os únicos sons que disfarçavam seus gemidos eram o barulho das ondas e o farfalhar das palmeiras.

Eu a segui para dentro do elevador, meus olhos atraídos por sua bunda fantástica. Ela sabia disso, pois balançava decididamente seus quadris. Senti o início de uma ereção e percebi que se meu plano desmoronasse, eu estaria fodido. Literalmente.

Concentre-se, Ben, disse a mim mesmo, apertando o botão do nosso andar. Não poderia ser tão difícil: eu deveria ficar distante, manter os olhos acima da linha dos ombros dela o tempo inteiro, e pelo amor de Deus, não discutir sobre *nada*.

Noiva irresistível

– Tudo certo por aí, Ryan? – minha adversária disse, recostando-
-se na parede. Ela cruzou os braços e os seios ficaram ainda mais
juntos. *Perigo, perigo.* Eu rapidamente desviei os olhos.

– Claro – eu conseguiria. Eu sou um gênio.

– Você parece muito orgulhoso por alguma coisa. Despediu alguém hoje? Chutou algum cachorrinho?

Ah, eu sei o que você está tentando fazer, Srta. Mills. Mantive
meus olhos fixados nas portas espelhadas e respondi:

– Estou apenas pensando no cartão que a Sofia fez para nós. Ela
deve ter usado aquele conjunto de arte que compramos para ela no
aniversário de quatro anos. Mas acabei de perceber que a caligrafia
dela parece muito com a sua.

Um sorrisinho apareceu em sua boca e ela assentiu, olhando
para o número dos andares que se sucediam.

Quase como se um peso tivesse sido colocado em meus ombros,
uma sonolência começou a tomar conta do meu corpo; meus braços
pareciam atingidos por uma pesada onda de fatiga. Sorri ainda mais.

O elevador parou em nosso andar e deixei Chloe sair primeiro.
Ela esperou enquanto eu abria a porta do quarto e depois foi direto
para o banheiro.

– O que você está fazendo? – perguntei. Mas o que eu estava esperando? Que ela pulasse em cima de mim e me forçasse a transar
com ela? E por que isso parecia tão atraente?

– Apenas me arrumando para dormir – ela disse sobre o ombro,
e então fechou a porta do banheiro.

Fiquei parado por um momento antes de abrir a varanda e sentir
o primeiro bocejo chegando. O jantar foi melhor do que o esperado.
Bom, mais ou menos. Bull fez um brinde de quinze minutos de enro-
lação sobre minha família, contando várias histórias sobre algumas
interações questionáveis que ele tinha tido com uma das minhas
namoradas do colégio antes de falar um tempão sobre o quanto a
Chloe era linda. Minha mãe tinha enviado mais sete mensagens, que
eu ainda não tinha lido. Judith e Mary acabaram sentando no colo
do Will, e Henry circulou pelo salão depois da sobremesa, fazendo
um monte de apostas secretas com os convidados.

41

Mas a polícia não precisou ser chamada e não houve nenhuma emergência, então a primeira noite foi um sucesso, considerando esse grupo de pessoas malucas. Pelo menos o caos tirou da minha mente Chloe, os sapatos que ela só tinha usado antes durante o sexo e seu vestido que parecia mostrar tudo, mas que na verdade não mostrava nada – o que era infinitamente mais sexy.

Nunca imaginei que eu tentaria evitar sexo na semana do nosso casamento. Mas tive muito tempo para pensar enquanto dobrava aqueles milhões de programas, e decidi que pela primeira vez em nossa relação eu queria desfrutar *dela*: sua risada, suas palavras e a mera presença de sua companhia. Eu queria poder olhar para ela sem pensar na próxima vez em que ficaria nua para mim. Na hora pareceu uma boa ideia, e eu estaria mentindo se dissesse que isso também não tinha um pouco a intenção de irritá-la, pois eu sabia que regular sexo teria esse efeito...

Olhei para a porta do banheiro. Onde diabos ela estava? Enquanto minhas pálpebras ficavam cada vez mais pesadas e Chloe não aparecia, eu não sabia se teria forças para lutar contra ela se ela quisesse sexo.

Sentei no sofá da sala de estar, apanhei uma revista e senti o cansaço aumentar a cada minuto. Olhei quando ouvi a porta do banheiro se abrindo e quase caí no chão. Chloe estava encostada na parede, com os cabelos soltos sobre os ombros e descendo pelas costas. Seus lábios estavam brilhantes e rosados, e eu podia imaginar aquela boca manchando meu peito e descendo até meu pau. Ela estava vestindo de longe a lingerie mais sexy e complicada que eu já tinha visto. As taças pretas do sutiã mal cobriam os seios; o resto consistia de uma série de fitas de cetim cruzando estrategicamente seu torso e entre suas pernas. Precisei de duas tentativas para conseguir falar alguma coisa.

– Tinha alguém com você lá dentro? – eu disse, arrastando as palavras.

Suas sobrancelhas se juntaram e ela sacudiu a cabeça.

– Como assim?

Noiva irresistível

– Porque... não entendo como você conseguiu vestir isso sozinha – minha voz estava grave e rouca. – Inferno, nem sei como eu faria para tirar tudo isso – ergui minhas mãos e as senti pesadas e dormentes. Eu não conseguiria nem rasgar um papel naquele momento.

– Isso soa como um desafio – ela disse com um sorriso. Meus olhos passaram por cada centímetro de seu corpo e eu não conseguia parar de olhar. Ela era incrivelmente *linda*. Suas pernas eram longas, *muito longas*, e os pés ainda traziam os mesmos sapatos azuis que ela tinha usado no jantar.

Chloe deu um passo em minha direção, depois outro.

– Lembra da última que vez em que estivemos aqui? – ela perguntou.

– Estou tentando não lembrar.

Ela pressionou a mão em meu peito e facilmente me empurrou no sofá antes de montar em meu colo.

– Você me comeu no chão... – ela aproximou o rosto e beijou meu queixo. – E na varanda... – Chloe beijou meu pescoço. – E na cama, e no chão, e na cama e no chão de novo.

– E não se esqueça da poltrona no canto – eu murmurei, ofegando quando ela arranhou minha barriga e agarrou minha gravata.

– E se eu disser que quero recriar um pouco daquela noite? – ela sussurrou em meu ouvido. – E se eu pedir para você me amarrar com isto aqui? E me dar uns tapas. E me comer na...

Eu bocejei. *Muito.*

Ela afastou o rosto de repente e olhou para mim, percebendo meu estado letárgico e que meus olhos mal conseguiam ficar abertos.

– O que você fez? – ela perguntou, desconfiada.

Dei um sorriso estúpido e sonolento.

– Tomei uma espécie de medida de segurança – disse, arrastando as palavras. – A propósito, você está linda e eu realmente gostei dessa... dessa coisa que você está vestindo e gostaria de pedir que você a vestisse novamente para mim... algum outro dia.

– O que você *fez*, Ryan? – ela repetiu, mais alto, depois se levantou e colocou as mãos na cintura enquanto me olhava feio.

– Apenas tomei um remedinho para dormir – eu disse, bocejando e tirando o pequeno frasco do meu bolso para mostrar a ela.

Eu tinha uma prescrição para esse remédio para viagens internacionais, mas nunca tinha usado. Na verdade, fiquei impressionado com a rapidez do efeito, e um pouco incomodado por ele não ter controlado meu estado de excitação. Principalmente porque Chloe parecia que estava prestes a me castrar.

– Seu filho da mãe! – ela gritou, empurrando meu peito. Mas foi um movimento contraproducente, pois eu apenas caí para trás, mergulhando de cabeça nas almofadas. Ela começou a gritar sobre... alguma coisa, mas eu já não conseguia entender direito. Pensei que um dia ela entenderia que eu estava fazendo isso por ela.

A última coisa que vi antes de fechar os olhos foi ela correndo para fora da sala, gritando algo sobre se vingar.

Finalmente, Bennett: 1, Chloe: 0.

Ele não cedeu e não me comeu até dizer chega na noite anterior. Na verdade, ele teve a audácia de tomar um remédio para apagar. Claramente estava na hora de jogar pesado.

Passei a maior parte do jantar da noite passada assistindo ao Bennett ser adoravelmente endiabrado ao jogar minhas tias na direção de Will. Assisti a ele ficar enciumado e irritado quando Bull me encheu de histórias sobre quantos carros ele vendera e quantas mulheres comera. Assisti ao Bennett com adoração enquanto ele cumprimentava sua família, esperava o prato de sua mãe chegar antes de começar a comer, agradecia pessoalmente o garçom e se levantava quando eu me levantava para ir ao banheiro.

Bennett Ryan era um cretino, mas era um cretino encantador, e naquele dia – com ou sem essa estúpida abstinência – eu iria cavalgá-lo como uma amazona.

Eu tinha uma mala cheia de lingerie e roupas que com certeza o deixariam aos meus pés. Eu estava reservando as peças mais provocantes para nossa lua de mel, mas eu suspeitava que nem precisaríamos de roupas quando chegássemos ao resort em Fiji.

De certa maneira, era legal ter uma nova missão. Ao invés de me estressar com os parentes e com o caos em que estávamos mergulhando, eu podia me concentrar no fato de que Bennett realmente precisava me comer algumas vezes por dia. Era um objetivo simples, na verdade. Eu não podia controlar o humor ou a insanidade de nossas famílias, mas eu podia definitivamente controlar o pau desse homem.

Will havia nomeado esta noite como a "Última Noite de Liberdade". Apesar de ser quinta-feira e o casamento ser apenas no sábado, ele declarara que o ensaio na sexta-feira selaria o destino de Bennett como um homem casado, então ele e Max planejaram uma noite para os amigos no bairro de Gaslamp Quarter. Iríamos a alguns bares, tomaríamos uns drinques. Max descreveu assim: "Hoje vamos nos embebedar direito e fingir que Chloe não nos entregou uma lista de tarefas de cinco metros".

Mandei os homens se arrumarem em nossa suíte, e as garotas – Sara, Hanna, minha amiga de infância Julia, minha quase cunhada Mina e eu – foram se arrumar no quarto da Julia. Fiz isso em parte para ter um tempo com minhas amigas antes de sairmos todos juntos, mas também para que Bennett não me visse até que chegássemos ao bar. Se ele visse o que eu queria usar, ele me amarraria na cama com as fitas dos meus sapatos e trocaria minhas roupas por mim.

Se pelo menos ele me amarrasse para me *comer*, eu me arrumaria sem problemas na suíte nupcial ao lado dele. Mas eu conhecia Bennett, e sabia o quanto ele ficava determinado uma vez que tomava uma decisão. Eu precisava atacar sorrateiramente. Eu precisava seduzir meu noivo, e para fazer isso, eu precisava jogar sujo.

Julia e Mina estavam trabalhando no zíper quebrado de Hanna, e eu me sentei na cama da Julia e cuidadosamente amarrei as fitas do meu sapato de salto alto que subiam pela perna. Os sapatos da noite passada funcionaram bem, mas obviamente não bem o suficiente. Para aquela noite eu tinha escolhido um vestidinho preto, brincos brilhantes e os mesmos sapatos que tinha usado na noite em que saímos para dançar quando Bennett e eu estivemos aqui em San Diego juntos para a conferência da JT Miller no começo de nossa "relação".

Amarrei a fita de cetim atrás da batata da perna e fiquei lembrando daquela noite e do estado em que Bennett estava quando entrei no saguão do hotel nas primeiras horas da manhã e o encontrei sentado num sofá, me esperando.

Seu cabelo estava um desastre, e eu sabia, sem precisar perguntar, que ele esteve quase arrancando os fios. Pensando agora, era óbvio que estávamos apaixonados já naquela época, mas eu me lembro do quanto fiquei surpresa quando ele admitiu que precisava de outra noite comigo. Eu queria isso mais do que qualquer coisa, mas nunca esperei que ele pedisse tão abertamente.

Eu o segui até meu quarto e nós fizemos amor por horas, trocando palavras sobre histórias reais, desejos reais, sentimentos reais. A partir dali, nossa relação chegou a um ápice – ele ficou doente e eu precisei assumir uma reunião sozinha, e fiz isso muito bem. Quando ele se recuperou, nós decidimos ficar juntos, como um casal, sem nos esconder mais.

– Chlo? – Sara disse, abaixando a cabeça para encontrar meus olhos e me arrancando de meus pensamentos. – Você está bem?

Comecei a me concentrar no outro sapato e assenti.

– Sim, estava só me lembrando de quando eu e Bennett estivemos aqui pela primeira vez.

Ela se sentou e colocou o braço sobre meus ombros.

– Você acha estranho se casar aqui?

Encolhendo os ombros, admiti:

– Um pouco. Temos muitas lembranças aqui, umas boas, outras nem tanto.

– Quando você descobriu que o amava?

Fechei os olhos e me encostei nela enquanto pensava na resposta.

– Acho que eu provavelmente *senti* amor por ele antes de *saber* que o amava. Mas, você lembra quando nós estivemos aqui para a conferência e ele ficou com intoxicação alimentar?

Ao meu lado, Sara assentiu.

– Bom, depois de fazer a apresentação do Gugliotti e voltar para contar ao Bennett, eu desci para a conferência e deixei ele descansar. Quando voltei para meu quarto, Bennett estava sentado no sofá. Ele sempre estava bonito, é claro – eu disse, rindo quando Julia mexeu as sobrancelhas para mim –, mas naquela hora ele parecia um cara *comum*. Estava sem camisa e com os cabelos despenteados. Estava assistindo à TV com a mão dentro da cueca. E tive a epifania de que ele *era* um cara comum, e que estava se transformando no *meu* cara comum, entende? – ao meu redor, todas as minha amigas assentiram. – Acho que esses são os momentos em que eu mais o amo, quando olho para ele e enxergo muito mais do que um cretino irresistível. Às vezes ele ainda parece inatingível e intimidador, até mesmo para mim. Não me entendam mal, eu também amo esse lado. Mas quando estamos sozinhos ele baixa a guarda e eu posso ver *todos* os seus lados, e aquele dia foi a primeira vez que isso aconteceu. Acho que foi então que descobri que eu o amava.

– Acho que foi antes disso – Mina disse, vasculhando o frigobar. – Eu vi seu rosto quando flagrei vocês no banheiro da casa dos pais dele. Bennett disse que ficar com você foi um erro. A sua reação foi a de uma mulher com *emoções*.

Franzi o nariz, considerando isso.

– Deus, mas ele era um filho da mãe tão grande naquela época.

– Ele *ainda* é um filho da mãe – Mina me lembrou. – E tenho certeza de que se não fosse mais, você encontraria um jeito de irritá-lo até ele voltar a ser.

– Eu gosto de assistir a vocês dois – Hanna disse. – Nunca vi um casal assim. É sério, aposto que o sexo é surreal.

Hanna passava tanto tempo com a gente que sua honestidade brutal já nem surpreendia mais... exceto a Mina, que ainda não a conhecia.

– Não preciso ouvir isso – Mina cobriu as orelhas. – De novo.

Hanna estava linda usando um vestido cinza que chegava até acima dos joelhos. Julia havia prendido o cabelo de Hanna num penteado complicado, e seu pescoço, longo e liso, estava decorado simplesmente com um pequeno pingente de diamante. Eu mal esperava para ver a cara do Will quando a visse.

– Você precisa me deixar pedir todas as bebidas hoje – Sara disse, levantando-se e ajeitando seu brilhante vestido azul que cobria sua imensa barriga de grávida. – Juro pode Deus, quero só ver a cara do barman quando eu pedir dez doses de tequila.

– A gravidez combina muito bem com você, Sara – Julia disse, cruzando o quarto para apanhar seus sapatos. Ela sentou na beira da cama e os calçou, ainda olhando para Sara. – Gostei da barriga *e* da atitude.

– Concordo – disse. – Ela está se tornando uma gata ferina.

Sara riu e estudou seu reflexo no espelho antes de se aproximar de mim para que eu fechasse seu colar.

– Eu realmente adoro meu corpo desse jeito. Isso é estranho? Adoro minhas novas curvas.

– O alfaiate com certeza não gostou – Julia acrescentou, rindo. – Ainda não acredito no escarcéu que ele fez quando descobriu que teria que alterar o vestido dela.

Eu gemi. *O vestido*. Julia havia encontrado os mais perfeitos vestidos de madrinha que eu já tinha visto. Tinham uma coloração linda em degradê que começava no azul Tiffany que combinava com a decoração do casamento e terminava num belo azul-marinho. Os vestidos foram feitos com chiffon cravejado e tinham uma delicada alça presa em um dos ombros, mas o vestido de Sara, claro, teve que ser alterado para acomodar sua nova barriga. Etienne, o estilista, surtou. Ele fez um discurso sobre simetria, tecidos, linhas. Depois de muita reclamação dele, muito dinheiro meu e seis alterações depois, o vestido finalmente ficou pronto. E eu mal podia esperar para ver minha linda e rechonchuda madrinha.

– Aposto que o Max também gosta do seu corpo atual – Mina disse, sorrindo para Sara.

– Ah, gosta sim – eu respondi por ela, fechando o colar atrás do pescoço de Sara. – Às vezes sinto que estou assistindo algo indecente só de ver ele servir água para ela.

O rosto de Sara ficou vermelho e eu ri, amando o jeito como a gravidez deixava impossível esconder seu rubor.

— Estamos prontas para sair? — Julia perguntou, tomando o resto de sua tônica e vodca do frigobar. — Já está na hora de começar a beber.

Nós nos dirigimos para a porta e saímos uma de cada vez. No saguão, Mina pediu para o manobrista chamar um carro para nós, e quando entrei no veículo e fechei a porta, vi os rapazes surgirem no saguão do hotel.

— *Meu Deus*, Chloe — Julia disse, olhando para Bennett, na frente do grupo. — Olhe aquele homem.

Mordendo o lábio, eu pude apenas balançar a cabeça para concordar. Como sempre, seus cabelos estavam desarrumados com aquele célebre jeito de quem acabou de transar. Ele estava rindo de algo que o Will dissera, e quando ergueu o queixo para chamar o manobrista, pude ver a linha perfeita de seu maxilar. Ele vestia jeans e uma camiseta preta que não era apertada, mas mesmo assim delineava o corpo definido debaixo do suave tecido de algodão. Eu conhecia essa camiseta muito bem; eu a havia comprado para ele pensando em roubá-la para mim quando ele a deixasse no perfeito estado de desgaste que eu tanto adorava.

Seduzi-lo hoje seria *muito* divertido.

Minhas pernas estavam escondidas de sua vista, e tudo que Bennett podia ver era a parte de cima do meu vestido preto.

— Você está encrencada demais — Sara murmurou ao meu lado, olhando para meus sapatos. — Quero só ver a reação dele.

— É verdade! — eu disse, rindo.

A sobrancelha do Bennett se ergueu numa pergunta silenciosa e eu acenei para ele: não, nós não iríamos esperar por eles.

— Encontramos vocês no Sidebar! — Julia gritou pela janela, e Bennett acenou de volta, exibindo seu sorrisinho patenteado.

O Sidebar era incrível, com grandes poltronas de couro vermelho e preto, espelhos enormes e fotos sensuais de pessoas nuas penduradas nas paredes, além de grandes gaiolas penduradas no teto. O bar principal era espaçoso, cheio de mármore brilhante com um simples padrão decorando a frente. Quando chegamos, o local estava cheio, mas não lotado, e imediatamente pedimos duas grandes mesas aos fundos.

Os rapazes não chegaram tão rápido quanto nós, então tivemos tempo de pedir bebidas e voltar para nossa mesa antes de eles chegarem. Olhei para a porta bem quando Bennett entrou conduzindo o grupo formado por Max, Will, Henry e os primos de Bennett, Chris e Brian. Quando eu me levantei para recebê-los, e o Bennett pôde me olhar de cima a baixo, desde meus lábios vermelhos até as unhas dos pés, soube que estava muito, muito encrencada.

Ignorei seu olhar da melhor maneira que consegui, mas com ele isso era quase impossível. Sua atenção era quase uma presença física, um peso em meu pescoço, meus seios, e principalmente, em minhas pernas expostas. Nós nos levantamos quando eles se aproximaram, e eu senti um aperto em meu peito e meu coração acelerou diante da diversão que era reunir a todos. Beijei Brian, Will e Max, e cumprimentei o Bull com um breve e educado abraço.

Foi só então que olhei Bennett com mais calma, e senti o familiar calor se espalhar em meu estômago e descer entre minhas pernas. Apoiando na ponta dos pés, beijei o canto de sua boca.

— Oi. Você está tão gostoso que dá vontade de lamber.

Ele retribuiu meu beijo de um jeito sério, depois falou em meu ouvido:

— Que diabos você está vestindo?

Olhando para baixo, eu passei a mão sobre meu vestidinho apertado.

— É novo. Você gostou?

Antes que eu pudesse olhar para cima para ouvir sua resposta, Bennett agarrou meu braço e me puxou para um corredor escuro, onde me apertou contra a parede. Mesmo sob a luz fraca, eu podia ver a fúria e o desejo em seu rosto. Era meu Bennett favorito. Eu também fiquei excitada; cada pedaço da minha pele ansiava por sentir o toque bruto de seus dedos.

— O que você acha que está fazendo? — ele rosnou.

— Você poderia ser mais específico? Eu estou tomando uma bebida, saindo com os amigos, estou...

Ele agarrou meus ombros com as mãos. Soltei um gemido contido, e ele cerrou os olhos ainda mais.

— Os sapatos, Chloe. Explique os malditos *sapatos*.

— Eles são especiais para mim — disse, lentamente baixando meus olhos até sua boca. Lambi meus lábios e ele chegou ainda mais perto. — Uma peça nova, uma peça velha. Usei esses sapatos quando estivemos juntos aqui em San Diego, lembra?

Como eu desconfiava, seu rosto se tornou impossivelmente mais faminto.

— É *claro* que eu lembro. E o "uma peça nova, uma peça velha" é uma tradição apenas para o casamento, não para a semana anterior, quando eu estou tentando manter minhas mãos longe de você.

— Estou praticando — eu disse, quase sem fôlego. — Na verdade, tem muitas outras coisas que eu gostaria de praticar antes do casamento, Bennett. Tipo, fazer um "garganta profunda".

— Você está realmente tentando me enlouquecer?

Sacudi a cabeça com grandes olhos inocentes, mas disse:

— Sim. Realmente estou.

Ele soltou um pouco meus ombros e encostou sua testa na minha.

— Chloe... Você sabe o quanto eu quero você em cada segundo.

— Eu também quero você. Então, pensei que talvez mais tarde nós pudéssemos voltar para o hotel e eu não tiraria os sapatos, o que você acha? Você poderia me comer deitada de costas, com as pernas para o ar... — virei o rosto e beijei a ponta de sua orelha. — Além disso, estou usando um corselete incrível por baixo do vestido...

Bennett se afastou e virou, praticamente fugindo do corredor.

Aproveitei a oportunidade para passar no banheiro e checar minha maquiagem, além de cumprimentar a mim mesma no espelho pela batalha ganha. Mas meu Martini estava esperando e eu estava no meio da missão de seduzir meu noivo, então não demorei muito.

Bennett parecia mais calmo quando voltei para a mesa, e estava sentado com Max e Will enquanto os outros homens pediam suas bebidas no bar e as garotas dançavam na pista. O braço de Bennett estava apoiado no encosto e eu deslizei ao seu lado, correndo minha mão de seus joelhos até a coxa.

– Oi – eu disse de novo. – Está se divertindo?

Ele me jogou um olhar que causaria danos a um adversário menos preparado, mas eu apenas sorri, beijando seu pescoço e sussurrando:

– Mal posso esperar para você gozar na minha boca mais tarde.

Ele tossiu, praticamente derramando seu gimlet de vodca na mesa e recebendo olhares curiosos do Will e do Max.

– Tudo certo aí, Bennett? – Will perguntou, sorrindo maliciosamente. Será que Bennett tinha contado sobre essa história de abstinência? Eu esperava que sim; ninguém ficaria mais feliz em me ajudar do que Will e Max.

– Só engasguei um pouco – Bennett explicou.

– Eu ainda estou ensinado a ele como não engasgar – eu disse num sussurro, e os dois explodiram numa gargalhada. Will até se inclinou para me cumprimentar.– Ele contou a vocês sobre sua nova virgindade? – perguntei.

– Ele mencionou que está desfrutando do esporte de deixar você esperando – Max disse. – Mas só para constar, Chloe, eu gostaria de dizer que seus sapatos são realmente bonitos.

– Eu concordo! – disse, sorrindo para meu noivo.

A mesa era grande o bastante para acomodar várias pessoas, e após pedirem suas bebidas, Brian e Bull se juntaram a nós. Ficamos alguns momentos em silêncio enquanto bebericávamos os drinques, e Max e eu trocamos um sorriso divertido quando ouvimos Sara tagarelar do outro lado do salão.

— Essa é a sua garota — eu disse.

Ele ergueu sua bebida como se estivesse brindando, e com o rosto corado, murmurou:

— Com certeza.

Olhei para Sara e ri.

— Na verdade, é a sua garota com um barrigão... trazendo uma bandeja de drinques.

Ele a avistou e soltou um gemido, levantando-se para encontrá-la no caminho. Enquanto se distanciava, conseguimos ouvi-lo dizendo:

— Sara, meu amor, isso é pesado demais...

— Ele parece o cachorrinho dela — Will murmurou.

— Não comece, Sumner — Bennett disse, sacudindo a cabeça. — Você mal consegue manter a língua dentro da boca quando está perto da Hanna.

Will encolheu os ombros e se recostou na cadeira, sem nem tentar esconder a maneira como olhou para sua namorada e estudou cada centímetro de suas pernas expostas.

Olhei para cada um dos homens da mesa e fiquei pensando se estavam em silêncio porque queriam que eu fosse embora para poderem conversar sobre assuntos de homens, como pênis, basquete e banheiros. Mas eu estava muito confortável, e o peso do braço do Bennett sobre meu ombro estava perfeito demais para eu sair dali. Eu só me moveria para pular em seu colo e rebolar um pouquinho.

Comecei a executar essa ideia brilhante, mas ele me impediu apertando meu ombro.

— Não se *atreva*.

— Você está duro? — eu perguntei em seu ouvido.

Ele me deu um olhar.

Noiva irresistível

— Não.

Eu lambi meus lábios e senti meu coração acelerar quando seus olhos desceram para minha boca e ele aproximou o rosto.

— E agora?

— Você é impossível, mulher — ele se afastou, apanhando seu drinque.

Um grande rosto de mulher tatuado no braço do Bull chamou a minha atenção e eu me encostei em Bennett novamente, mas outra vez ele se afastou.

— Não, vem aqui — eu disse, puxando sua camiseta. — Quero perguntar uma coisa. Juro que não vou lamber sua orelha — ele aproximou o rosto relutantemente. — Quem é aquela no braço do Bull?

Ele olhou por um segundo antes de responder num sussurro:

— Acho que é a namorada dele, ou ex-namorada. Maisie. Eles estão sempre terminando e reatando desde a adolescência.

Pensei um pouco enquanto absorvia a informação: Bull poderia estar namorando e ao mesmo tempo dando em cima de todas as mulheres do casamento.

— Você está brincando?

— Não mesmo.

Tentei parecer o mais casual que podia: a última coisa que queria era chamar a atenção do Bull e o fazer pensar que estava interessada nele. Mas a tatuagem era enorme, praticamente do tamanho da minha mão, e incrivelmente detalhada. No jantar da noite anterior ela havia ficado escondida debaixo de sua camisa, mas agora o desenho inteiro estava visível, com todas as cores. Era, basicamente, o rosto e o pescoço da tal Maisie, parando bem onde os seios começavam.

Virando de volta para Bennett, sussurrei:

— Meu Deus. Ela deve ser incrível na cama. Eu sei chupar um pau, mas ninguém nunca tatuou meu rosto.

Bennett congelou, parando a mão no ar quando ia pegar sua bebida.

— Calma, eu não quero que você tatue o *meu rosto* no seu braço, Sr. Ryan.

Ele suspirou pesadamente, trazendo o copo aos lábios e dizendo:

— Ótimo.

— Mas eu gostaria de chupar seu pau tão forte que você prometeria fazer uma mesmo assim — eu disse enquanto ele colocava a mão nas minhas costas e me empurrava para fora da mesa, mandando eu ir brincar um pouco com minhas amigas.

Nós dançamos e bebemos; Hanna e Mina dançavam de um jeito muito engraçado e nós rimos muito até nossas barrigas doerem. Foi uma noite perfeita: no bar com todas as minhas pessoas favoritas, cercada por minhas amigas enquanto o amor da minha vida exalava seu intenso amor e ódio por mim.

Max e Will estavam ao meu lado nessa coisa ridícula de abstinência e por isso vieram dançar comigo, provocando, me levantando e me carregando até Bennett para trocarmos um beijo de ponta-cabeça, cheio de segundas intenções.

— Eu amo você de qualquer maneira — disse quando Bennett me olhou feio. — E vou pegar você de jeito hoje.

Ele sacudiu a cabeça e soltou o sorriso que estava tentando esconder.

— Eu também te amo de qualquer maneira. E você pode tentar o seu melhor, mas não vai funcionar. Você não vai ter o meu pau até que estejamos casados.

Escovamos os dentes lado a lado e estudamos um ao outro pelo espelho. Eu estava usando um roupão grosso sobre minhas armas de sedução em massa, mas Bennett estava apenas de cueca, então fiquei um tempo apreciando seu torso nu. Eu adorava seus mamilos de homem, os pelos no peito e a definição de seus ombros, peitoral, estômago. Depois fiquei olhando o caminho de pelos que descia de seu umbigo até desaparecer debaixo da cueca. Eu queria lamber aquela linha e depois sentir o sabor da pele suave de seu pau.

– Você tomou outro remédio para dormir?

Ele sacudiu a cabeça enquanto escovava os dentes de trás.

– Eu gosto do seu corpo – disse, com a escova de dentes na boca.

Ele abriu um sorriso cheio de pasta de dente.

– Igualmente

– Posso chupar você?

Ele se abaixou para cuspir e enxaguar a boca antes de simplesmente responder:.

– Não.

– Quer me comer rapidinho por trás?

Bennett secou o rosto com a toalha e depois deu um beijinho em minha testa.

– Não.

– Punhetinha?

– Não.

Lavei meu rosto e o segui até o quarto. Ele já estava debaixo das cobertas, lendo um livro sobre política.

– Vou tentar não ficar ofendida por ter um militar na capa desse livro depois de você recusar uma chupada.

– Depois me conte se você conseguiu – ele disse, dando uma piscadela.

Encolhendo os ombros, tirei meu roupão e fiquei de pé ao seu lado, vestindo uma calcinha fio-dental verde com uma sainha de seda, além de um sutiã combinando. Uma cinta-liga prendia as meias mais macias que já tinha usado.

Ele me mediu de cima a baixo e suspirou.

– O que foi? É só meu confortável pijama – eu disse, pulando para a cama e entrando debaixo das cobertas. – Adoro dormir ao seu lado quando estou usando cinta-liga de seda e essa calcinha pequenininha e *muito* cara.

Bennett ajustou seu travesseiro e voltou para o livro, mas eu consegui contar até cem antes de ouvir ele virar a página, então tenho certeza de que não estava lendo nada.

Puxando as cobertas para baixo para expor minhas coxas, eu me aninhei ao seu lado.

– Você deveria sentir estas meias. São tão *delicadas*. Aposto que você conseguiria rasgá-las só de olhar.

Bennett tossiu, depois sorriu pacientemente para mim.

– Tenho certeza de que sim. Fui eu que as comprei para você, afinal de contas.

– Mas não tenho certeza se deveria dormir com elas – Franzi o rosto, pensativa. – Você pode me ajudar a tirá-las?

Ele hesitou por um longo tempo olhando para seu livro antes de guardá-lo cuidadosamente no criado-mudo. Depois me descobriu inteira e me analisou sob a luz fraca do abajur.

– Você é linda demais – ele murmurou, beijando meu pescoço, minha clavícula e o topo dos meus seios.

Uma sensação de vitória explodiu em minhas veias e eu fechei os olhos, arqueando as costas para que ele pudesse abrir o sutiã, erguendo minha bunda para que pudesse cuidadosamente tirar a pequena saia que envolvia minha calcinha. Mas abri os olhos e o observei tirar gentilmente minhas meias, dando apenas um único beijo em cada joelho.

Algo estava errado.

Bennett olhou para mim e sorriu maliciosamente antes de agarrar minha calcinha e a deslizar pelas minhas pernas, jogando-a *inteira* no chão ao lado da cama.

— Melhor assim? — ele perguntou, segurando uma risada.

Fiquei olhando para ele, tentando machucá-lo com o meu olhar.

— Você é um idiota.

Ele revirou os olhos.

— Eu sei.

— Você sabe o quanto quero sentir você em cima de mim? Você não *viu* a calcinha? Era ridícula! Você poderia rasgar com os *dentes*!

— Era mesmo incrível — Bennett se abaixou e beijou minha boca tão docemente, tão profundamente que meu peito se apertou de tanto prazer. — Sei o quanto você quer. Eu também quero — ele assentiu em direção à cueca, onde estava tão duro que eu podia ver a ponta da ereção pressionando o tecido. — Estou pedindo que você confie em mim.

Ele estendeu o braço para apagar a luz, depois virou para ficar de lado olhando para mim.

— Diga que você me ama.

Passei minhas mãos em seu peito nu e subi até seus cabelos.

— Eu te amo.

— Agora, durma. Amanhã será um longo dia. O resto dos convidados vai chegar, nós vamos ensaiar nosso casamento, e eu estarei a apenas um dia de me tornar seu marido. Depois disso, nunca mais vou negar ter você.

Ele me beijou lentamente, com firmeza e lábios quentes, sem língua, sem sons, apenas sua boca sobre a minha, sugando docemente e me acalmando até eu me sentir serena, adorada, e até mesmo sonolenta o bastante para imaginar que poderia adormecer ao lado deste homem sem precisar estar fatigada por muitos orgasmos.

Acordei numa cama vazia. Não era uma ocorrência rara, e quase caí no sono outra vez antes de lembrar que Bennett não estaria de pé para trabalhar; estávamos em San Diego para nosso casamento. Meu coração explodiu em pânico e uma sensação de *déjà vu* surgiu em meu peito. E se o Bennett estivesse *doente*?

Eu me sentei na cama imediatamente e olhei por baixo da porta do banheiro procurando por alguma luz em nosso quarto escuro. Cruzei a sala de estar da suíte e entrei no banheiro social. Podia ver que a luz estava acesa por debaixo da porta, e eu segui na ponta dos pés, sem saber se deveria chamá-lo ou apenas voltar para cama e torcer para estar tudo bem.

Dei um passo para trás e me lembrei da única vez em que vi Bennett doente – a intoxicação alimentar que tinha comentado com Sara na noite anterior.

– *Por que você não me acordou? – eu perguntei a ele.*

– *Por que a última coisa que eu precisava era ter você lá, me vendo vomitar.*

– *Eu poderia fazer alguma coisa. Você não precisa ser tão machão.*

– *E você não precisa ser tão mulherzinha. O que você que poderia fazer? Intoxicação alimentar é uma coisa para se cuidar sozinho.*

Resolvi deixá-lo em paz e comecei a voltar para o quarto...

Até que ouvi um gemido baixo.

Meu coração se apertou e minha pulsação acelerou. Andei até a porta e pousei a mão contra a madeira. Quando eu estava quase o chamando para perguntar se queria algum remédio, ele gemeu e soltou sons de prazer com a voz rouca.

- Ai, caralho...

Tirei minha mão da porta e a coloquei sobre minha boca, abafando uma exclamação de surpresa. Será que ele estava...? Será que ele escapou para o banheiro da sala para...?

Ouvi a torneira sendo aberta do outro lado da porta e fiquei olhando como se pudesse desenvolver uma visão de raios X se me concentrasse bastante. Com que frequência ele fazia isso? Será que sempre se masturbava no meio da noite? A água parou e eu me virei, correndo de volta para o quarto.

Pulei no colchão e puxei as cobertas para que Bennett pensasse que eu ainda estava dormindo. *Dormindo* enquanto ele batia uma na sala!

Rolei meu rosto no travesseiro para abafar uma risada. Na outra parte da suíte, a porta do banheiro se abriu e uma fresta de luz cortou o tapete antes de tudo voltar a ficar escuro.

Fiquei ouvindo com atenção, tentando diminuir minha respiração enquanto ele andava sobre o carpete de volta para o quarto. Bennett cuidadosamente subiu as cobertas e se deitou ao meu lado, abraçando meu corpo e beijando minha testa.

— Eu te amo — ele sussurrou, passando suas mãos frias sobre minha pele quente.

Eu ainda não tinha decidido se continuaria fingindo que estava dormindo ou se admitiria o flagra para poder jogar isso na cara dele. Então rolei em sua direção, subindo minha mão por seu peito até o coração. Sua pulsação estava praticamente *martelando*.

Como se tivesse acabado de ter gozado escondido.

Aproximei meu rosto de seu ouvido e sussurrei:

— Você nem gemeu meu nome. Estou ofendida.

Ele congelou.

— Pensei que você estava dormindo.

Eu ri.

— Obviamente — mordisquei seu maxilar. — Você teve um bom orgasmo solitário?

Finalmente, ele admitiu.

— Sim.

— Por que você foi até lá? Tenho uma mão e vários orifícios à disposição.

Rindo, ele apenas disse meu nome.

– *Chloe.*

– Você faz isso sempre? – fiquei com medo que ele pudesse ouvir a pitada de ansiedade em minha voz.

– Nunca faço quando estou com você. Eu só... – Bennett levou minha mão até sua boca e a beijou. – Você está nua. Estava duro... – rindo, ele começou a reformular o que iria dizer. – Estava *difícil* dormir com você assim.

Eu adorava sua voz no meio da noite, tão rouca e grave. Adorava ainda mais depois de um orgasmo... mesmo que tenha sido escondido no banheiro. Sua voz sempre ficava mais grave após gozar, suas palavras pareciam mais lentas. Ele ficava impossivelmente mais *sexy*.

– Você estava pensando em quê?

Ele parou, acariciando minha mão com o polegar.

– Sobre suas pernas abertas sobre meu rosto e sua boca no meu pau. Como na outra noite, só que sem suas provocações.

– Quem gozou primeiro?

Com um gemido, ele disse:

– Não sei. Eu não estava...

Dei um tapinha em seu peito.

– Ah, não vem com essa. Eu sei o quanto suas fantasias são específicas.

Virando-se para mim no escuro, ele disse:

– Você gozou primeiro. Claro que foi você. Certo? Podemos voltar a dormir?

Eu o ignorei.

– Você gozou na minha boca ou na...

– Na boca. Durma, Chloe.

– Eu te amo – disse, depois o beijei.

Por um momento ele me deixou abocanhar seu lábio e chupar, morder. Mas então afastou o rosto e envolveu minha cintura com os braços, movendo minha cabeça para mais perto de seu peito.

— Eu também te amo.

— Eu não quero levantar e ir ao banheiro — eu disse, sorrindo na escuridão.

Ouvi sua boca se abrir, mas demorou alguns segundos até ele produzir algum som.

— Como assim?

Rolei de costas e abri minhas pernas, deixando uma delas sobre sua coxa.

— *Chloe...* — ele gemeu.

Eu já estava molhada só de pensar no que ele tinha feito e no que esteve pensando. Estava molhada só de lembrar de sua voz no banheiro quando gozou: era o som de alívio misturado com arrependimento, e o fato de que era mais necessidade do que diversão deixou tudo muito mais sexy. Deslizei meus dedos sobre minha pele até chegar ao meio das pernas.

Ao meu lado, Bennett ficou parado até eu soltar meu primeiro gemido silencioso, e então ele estremeceu e se espalhou ao meu lado, rolando até quase cobrir meu corpo e beijando de meu pescoço até meus seios.

— Me conte o que você está pensando — ele sussurrou enquanto me beijava. — Conte cada pensamento nessa sua mente suja.

— É a sua mão — eu disse, sentindo meu coração bater mais forte com meus próprios toques —, e você está me provocando.

A voz dele estava tão grave que parecia apenas uma vibração quando perguntou:

— Como?

Engolindo em seco, eu disse:

— Quero você tocando meu clitóris, mas você está apenas circulando os dedos ao redor.

Ele riu, tomando um mamilo na boca antes de soltá-lo com um beijo melado.

– Deslize apenas um dedo. Continue provocando. Quero ouvir você implorar.

– Eu quero mais – meu dedo era muito menor que o dele, e apenas um dele nunca era suficiente. Um dos meus era um tormento com aquela voz em meu ouvido e aquela respiração em minha pele. – Quero mais rápido, e maior.

– Que corpinho exigente você tem – ele disse, chupando meu queixo. – Aposto que você está escorregadia e quente. Aposto que sei exatamente qual é o seu sabor agora.

Meus dedos circulavam, ainda provocando, sabendo que era isso que ele faria. Era o que ele *queria* que eu fizesse. Pressionei minha cabeça de novo no travesseiro, sussurrando:

– Mais rápido. Por favor, mais *qualquer coisa*.

– Use as duas mãos – ele sussurrou. – Dois dedos dentro e os outros trabalhando fora. Quero ouvir você gemendo.

Deslizei minha outra mão por meu corpo e me inclinei para seu lado, sentindo sua nova ereção contra minha cintura. Com as duas mãos, eu continuei me tocando, desfrutando seu cheiro de suor e sabonete ao meu lado, sentindo sua barba raspar meu pescoço quando ele me beijou faminto, sussurrando:

– Vai, Chloe. Quero ouvir você.

Quase perdi o fôlego quando ele deslizou a palma da mão sobre meu seio, apertando-o com força antes de abaixar a cabeça e tomar um mamilo com a boca. Adorei o som que ele fez quando me chupou. Era desesperado e retumbante; um som tão intenso que eu podia senti-lo por dentro do meu corpo.

– Ohhh – gemi. – Estou quase...

Ele soltou o mamilo e descobriu o meu corpo, expondo minha pele ao ar gelado do quarto de hotel e ao fogo de seus olhos.

– É a minha mão que você está fodendo – ele rosnou. – Mostre como você gosta – ergui meus quadris, querendo agradá-lo, querendo que ele cedesse e subisse em cima de mim e me possuísse.

Mas ao invés disso, Bennett levantou uma das minhas pernas para poder alcançar minhas costas e me dar um beijo.

– Eu faria muito melhor; minha mão iria foder você muito melhor do que isso. Eu faria você *gritar*.

Aquilo foi suficiente, e com seus lábios pressionados em minha orelha dizendo que iria me comer tanto e tão forte no sábado, o suficiente para que no dia seguinte eu desejasse que tivesse sido apenas minha mão no lugar, que eu acabei gozando, quente e sentindo minha pulsação em meus dedos.

Mas não chegou nem perto do que ele me fazia sentir.

Nós desabamos nos travesseiros num silêncio ofegante e insatisfeito.

Eu queria sentir seu prazer quando ele gozasse *dentro* de mim, ou em cima de mim, ou simplesmente junto comigo. Eu queria testemunhar cada vez que ele sentia aquele momento de alívio. Ele era meu; seu prazer era meu, e seu corpo era meu. Por que ele estava me fazendo esperar?

Mas quando ele passou aquela mão grande e possessiva de minha cintura até meu ombro, parando em cada curva pelo caminho, eu entendi o que ele estava fazendo.

Estava me dando algo além do casamento para pensar.

Estava fazendo uma abstinência idiota para que eu ficasse o atormentando.

Estava me fazendo atormentá-lo e fingindo que estava odiando.

Estava se certificando de que esta semana seria *nossa*, e de que poderíamos aparentar que estávamos nos concentrando em outras pessoas, enquanto por dentro estávamos concentrados apenas um no outro, em cada piscadela, em cada quarto escuro, em cada pensamento íntimo.

Bennett estava se certificando de que olharíamos um para o outro no altar e saberíamos que fizemos a melhor escolha de nossas vidas.

– Você é muito inteligente, sabia? – eu perguntei, aninhando meu corpo sobre o dele e passando a mão em seus cabelos.

Ele pressionou os lábios em meu pescoço e o sugou.

– Você pode me agradecer depois, Einstein.

Bennett virou a cabeça para me beijar e eu soltei um gemido com seu toque. Seus lábios eram tão firmes, tão dominantes que eu me entreguei quando ele colocou a língua profundamente.

Estremeci quando suas mãos voltaram a me tocar, quentes e ásperas, sentindo cada curva do meu corpo. Sua ereção batia em minha barriga e eu tentei rolar seu corpo para cima de mim.

– Quero você dentro – disse. Ouvi minha própria voz, rouca e suplicante. Passei minhas mãos em seu pescoço e segurei seu rosto, tentando trazê-lo para mais perto.

Mas ele suspirou, virou e tomou meus dedos em sua boca.

– Cacete...

Bennett gemeu enquanto chupava cada um deles, saboreando meu sexo. Então empurrou minha mão e soltou um gemido frustrado:

– Boa noite...

– Ben...

Antes que eu pudesse segurá-lo e prendê-lo no lugar, ele rolou para fora da cama e voltou para o banheiro, batendo a porta com força.

Quatro

Eu mal conseguia abrir os olhos na manhã seguinte.

O brilho forte do sol entrava através da varanda aberta, e a luz atingia a cama, esquentando minha pele. Eu podia sentir a maresia no ar e ouvir as ondas quebrando na praia. Podia sentir o calor do corpo de Chloe ao meu lado. Nua.

Ela murmurou algo em seu sono, passou uma perna sobre a minha e chegou mais perto. Os lençóis exalavam seu perfume, mas mais do que isso, exalavam seu *aroma*.

Com um gemido, eu me soltei dela e cuidadosamente a virei para o outro lado. Coloquei meus pés no chão e me levantei, olhando para meu pau totalmente ereto e egoísta. *Sério?*, pensei. *De novo?* Tinha ido ao banheiro em duas ocasiões distintas na noite passada - antes e depois do showzinho da Chloe. Mas mesmo assim, lá estava eu, duro como pedra.

Chloe disse que eu era brilhante por nos fazer esperar até sábado, quando na realidade eu estava começando a pensar que essa tinha sido a pior ideia que já tivera. Eu me sentia ansioso e com os nervos à flor da pele: parecia um insistente formigamento e uma necessidade de transar até me exaurir por inteiro.

Sob circunstâncias normais eu cortaria minha mão direita antes de considerar sair de uma cama quente com a Chloe nua. Mas as circunstâncias do momento não eram nada normais, e francamente, minha mão direita se provou muito valiosa nos últimos dias.

Eu quase tinha cedido na noite passada, e nessa altura do campeonato, seria como me render ao inimigo. Eu precisava sair dali.

Encontrei meu celular na sala de estar e digitei uma mensagem para Max.

Preciso de uma corrida matinal. Topa?

Sua resposta veio menos de um minuto depois.

Com certeza. Vou chamar o Will e te encontro na
piscina às 10h, certo?

Beleza. Encontro vocês lá.

Respondi, e joguei meu telefone no sofá.

Eu tinha tempo para bater uma, tomar banho e escapar do quarto antes que Chloe acordasse.

—

Max definitivamente transou na noite passada. Fiquei olhando para ele enquanto se aproximava da piscina, com o cabelo desarrumado e os membros relaxados. Seria fácil odiar esse cara se eu não estivesse tão feliz por ele.

Certo, certo. Eu ainda o odeio um pouco.

– Você parece muito satisfeito consigo mesmo – eu disse, sentando numa cadeira debaixo de um grande guarda-sol azul.

– E você parece justamente o contrário – ele respondeu com um sorrisinho. – Está tendo problemas com sua virgindade?

Eu suspirei, alonguei meu pescoço e senti a tensão que parecia atacar todos os meus músculos.

– Já é sábado?

Max sacudiu a cabeça, rindo.

– Ainda não. Estamos quase lá.

– Onde está Will?

– Ainda com Hanna, acho. Ele disse pra gente esperar e que desceria logo – Max sentou-se na minha frente e abaixou-se para amarrar os sapatos.

– Bom, então vou aproveitar e falar com você sobre uma coisa.

– O que foi?

– Lembra quando Will contratou aquele palhaço esquisito para cantar no meu aniversário? – perguntei, sentindo um arrepio subir por minhas costas. Esse tipo de coisa se tornou comum entre nós três. Depois de ter acidentalmente contratado um travesti para Will em Las Vegas, ele retaliou enviando uns capangas que fingiam terem nos flagrado roubando nas cartas. A partir dali, as coisas apenas aumentaram. Chloe insistia que era apenas questão de tempo até que um de nós acabasse no hospital ou na cadeia. Eu apostava que seria na cadeia.

Max gemeu.

– Merda. Achei que já tinha apagado aquilo da minha mente. Muito obrigado por me lembrar.

Olhei para o hotel para ter certeza de que Will não tinha chegado.

– Estou planejando uma retribuição.

– Certo...

– Por acaso você conheceu as tias da Chloe ontem?

– Aquelas que pareciam uma dupla de hienas circulando uma gazela indefesa? Sim, são duas senhoras adoráveis, se é que você me entende.

– Sou parcialmente responsável por aquilo – disse, esperando por sua reação. Ele nem piscou.

– *Parcialmente?*

– Certo, certo, completamente.

Ele sacudiu a cabeça tentando segurar uma risada.

– Você não acha que elas têm alguma esperança real, não é?

– Tive a impressão de que elas estão apenas querendo se divertir. Acabei dizendo que ele gostava de mulheres experientes e gostava de duas ao mesmo tempo. O que é verdade, diga-se de passagem.

Max ergueu a sobrancelha.

– *Tecnicamente* verdade – corrigi. – Eu vou pro inferno, não é?

– Você avisou a Hanna?

– Claro que sim – quando ele não abaixou a sobrancelha, eu o ignorei e continuei: – Bom, eu sugeri que ela fingisse não saber de nada. E ela concordou.

– Só isso? Ela é mais fácil do que eu imaginava – ele respondeu. Que namorada concordaria com um plano tão maléfico? Claramente, Hanna era um gênio.

– Precisei convencê-la um pouco de que ele não se machucaria, mas sim, ela concordou. A propósito, eu realmente gosto dela.

– Eu também.

– Então, o que você acha? Devo cancelar tudo? Para ser honesto, estou me sentindo meio culpado desta vez. São as *tias* da Chloe.

Ouvimos passos e nós dois viramos a cabeça, encontrando Will vindo em nossa direção.

Max aproximou o rosto rapidamente e sussurrou:

– Se você contar eu te mato.

—

Havia alguns surfistas espalhados pela praia e alguns corredores passaram por nós quando saímos do hotel.

– Então, por que você acordou tão cedo? – Max perguntou à minha direita, mantendo um ritmo constante comigo. Will, o corredor *semiprofissional*, já estava a vinte metros na nossa frente, gritando insultos sobre o ombro.

– Foi só... tudo – admiti. – Acho que nunca estive tão exausto e ansioso ao mesmo tempo. Você provavelmente não quer ouvir isso, mas não sei se preferiria dormir ou transar por dez horas seguidas.

Max deu um tapinha em meu ombro.

– Sei como se sente – ele disse.

– Sabe nada – eu retruquei, olhando para ele.

Ele tentou não rir.

– Desculpa, cara. Não quero tirar sarro da sua dor, e o que vou dizer agora provavelmente é mais do que você gostaria de ouvir... mas eu nunca olhei para a Sara desse jeito. Ela sempre... Como posso dizer? – ele coçou o queixo, pensando. – Ela sempre foi faminta. Mas agora que está grávida? Meu Deus. Eu mal consigo acompanhar.

Fiquei com vontade de jogar ele no mar, mas admito que foi engraçado vê-lo escolhendo as palavras tão cuidadosamente.

– Isso provavelmente foi a coisa menos articulada que já ouvi você dizer.

– Pois é.

– Estou realmente tentando não te odiar.

– Então, fora o óbvio – Max disse, tentando soar sério. – Como estão as coisas?

– Normais. Minha mãe envia mensagens a cada meia hora com suas preocupações. O pai da Chloe nunca sabe onde precisa estar e a Julia precisa ficar sempre em cima dele. Bull está esperando a Chloe decidir que precisa de uma última noitada. E eu provavelmente vou acabar me internando ao fim do dia.

– E a Chloe? – ele perguntou.

– A Chloe é a Chloe. Ela é sexy, irritante e sempre me deixa na dúvida sobre o que está pensando. Eu achei que fosse estrangular ela ontem, mas acabamos conversando. Acho que finalmente chegamos a um acordo.

– Parece ótimo – ele disse, mas eu não pude deixar de perceber que a resposta dele não foi sincera.

– O que foi?

– Nada.

– Se você tem algo para dizer, Max, diga logo.

Will percebeu que já não estávamos mais atrás dele, então voltou para nos encontrar.

– E aí? – ele disse, usando a camiseta para limpar o suor da testa enquanto olhava para nós dois, claramente confuso.

– Estamos falando sobre o Plano de Castidade – Max explicou.

– Ah, ótimo – Will disse, virando para me olhar. – Se me permite, esse embargo deve ser a coisa mais idiota que eu já ouvi.

– Eu...

– Concordo – Max interrompeu. – Entendo que tudo é um joguinho com vocês, mas quem viaja para a Califórnia para se casar, aluga uma maldita suíte na praia e depois não transa o tempo inteiro com a noiva?

– Alguém estúpido – Will respondeu.

Max me jogou um olhar fulminante.

– Alguém idiota.

– Alguém que é um constrangimento para a raça dos homens...

– *Eu sei, tá!* – gritei, fazendo minha voz ecoar pela praia. – Eu sei que não faz sentido! Mas na hora que pensei, fazia. Pensei em fazer algo especial. Pensei em deixar a tensão aumentar. Eu queria que ela lembrasse o quanto foi divertido ficar irritada comigo. Eu queria que ela lembrasse que realmente existe apenas um homem que consegue lidar com ela, e que esse homem sou *eu!* Agora, parece a pior ideia na história das ideias. Mas agora já foi. Agora não posso voltar atrás.

Meus dois amigos me olharam sem saber o que dizer.

– Eu comecei com isso, agora preciso terminar. Estamos falando da *Chloe.* Ela já tem uma das minhas bolas em sua mão, então ao menos me deixem ficar com a outra. Se eu transar com ela antes de sábado, ela vai pensar que possui as duas e que pode me controlar quando quiser. Ela vai querer que eu *agradeça* depois de chupar meu pau! Vai pensar que é ela quem está *deixando* eu dar uns tapas em sua bunda! Vai usar sapatos no trabalho que ninguém usaria nem num quarto! – retomei meu fôlego e baixei o tom de voz. – E então, vou passar o resto da vida tentando convencê-la de que ela é uma maldita cretina que precisa ser amarrada na cama e fodida até *ela* agradecer por minha existência.

Limpei meu queixo e fechei os olhos, sentindo meu peito queimar.

– Você *realmente* precisa transar – Will sussurrou.

Max pousou a mão em meu ombro.

– Ele está certo, cara. Isso é mais sério do que eu pensava.

– Ah, cala boca – joguei sua mão para longe e comecei a andar na praia. – Pode ter sido um erro, mas vocês também estão ferrados.

Se Chloe vencer nesta semana, vocês também vão sofrer. Todos os homens no mundo vão sofrer como nunca antes sofreram. Eu não gosto disso, não planejei isso, mas é isso que está em jogo.

Max sacudiu a cabeça, me acompanhando na caminhada.

– Não é só você que precisa transar, Ben. Chloe também não tem sido ela mesma nos últimos dias. Talvez sua estratégia esteja errada.

Diminuí os passos até parar.

– Do que você está falando? Você a viu na noite passada; ela estava agindo como uma grande cretina. Como isso não é "ela mesma"?

– Todo esse negócio de casamento deixou mesmo você mais molenga se você pensa que *aquela* era a Chloe sendo uma cretina – Max disse. – Vocês dois são as pessoas mais voláteis que eu já conheci. Tem dias que parece que estou assistindo a uma briga de desenho animado. E a Chloe Mills de quem ouvi histórias iria arrancar suas bolas e fazer você comê-las para conseguir o que ela quer. Ela amarraria você numa cadeira para te torturar até que você implorasse para transar com ela. O que ela fez ontem? Usou um vestido curto? Balançou os peitos na sua direção? Essa é a mesma mulher que te chicoteava quando trabalhavam juntos? Nem de longe.

– Mas... – comecei a falar, mas as palavras fugiam da minha boca.

– Will, conte sua teoria nerd. Você vai gostar, Ben, é brilhante.

Will se aproximou.

– Sabe aquela coisa sobre a calmaria antes da tormenta? Aquele momento que antecede um tornado ou um furacão, quando tudo fica calmo?

– Sei – eu disse, não gostando de onde isso estava indo e como isso se relacionava com Chloe, mas, mesmo assim, curioso. – Continue.

Will ficou com uma expressão intensa, como se o que estava prestes a dizer fosse a coisa mais fascinante que eu já tivesse ouvido. Ele meio que dobrou os joelhos, usando as mãos para gesticular para todo lado, dramaticamente ilustrando seus argumentos.

– Então, o vapor e o calor sobem para a atmosfera, atraídos pelo centro da tempestade. As correntes de ar que sobem removem um pouco do ar saturado, forçando-o para cima, além das nuvens mais altas. Você está entendendo até aqui? – ele perguntou. Eu confirmei, sentindo uma ansiedade surgir em meu peito.

– Ele está chegando na parte fascinante – Max observou.

– Então, você tem todo aquele ar subindo, mas ele se comprime enquanto cai, tornando-se mais quente e mais seco. É a *calmaria* – ele disse, fazendo uma pausa dramática –, resultando numa massa de ar estável, favorecendo a formação das nuvens e deixando o ar totalmente parado. É a calmaria antes da tormenta.

Max já estava assentindo e dando um tapinha nas costas do Will como se ele tivesse acabado de ter feito a analogia mais inteligente de todos os tempos.

Eu franzi o rosto.

– O que você está tentando dizer?

Max chegou mais perto e envolveu meus ombros.

– O que estamos dizendo, meu amigo, é que *você* pensa que está tudo sob controle. Mas todos nós estamos esperando para ver quando você vai explodir de vez.

—

Fiquei vigiando Chloe como um gavião pelo resto do dia, e embora eu não quisesse admitir, Max e Will estavam certos.

Ela nem tentou discutir ou me atacar quando voltei para o quarto, apenas foi ao banheiro e tomou banho sozinha. Quando beijei seu ombro nu, ela sorriu para mim, mas sem aquele olhar de quem vai me devorar mais tarde. Ela estava envolvida numa toalha, com a pele ainda úmida do banho enquanto secava o cabelo. Não comentou o fato de estar nua, não pediu "ajuda" para se vestir. Não pediu nem uma vez para que eu transasse com ela.

Ela estava gentil e amorosa, e eu fiquei completamente confuso.

Quando o garçom errou seu pedido no café da manhã, ela não reagiu. Quando suas tias insistiram em segui-la por todo lado com uma câmera, ela se manteve calma. Quando minha mãe sugeriu que ela usasse o cabelo solto na cerimônia em vez de preso para cima, Chloe apenas respondeu com um sorriso forçado.

Noiva irresistível

Nessa altura eu podia praticamente sentir o cheiro de tempestade no ar, e o ensaio nem tinha começado.

—

– Como assim "um pequeno acidente"? – perguntei, olhando para a coordenadora do casamento antes de olhar rapidamente para Chloe. Ela estava na praia a uns dez metros, andando de um lado a outro. Alguns palavrões ecoaram até nós, mas agora ela estava estranhamente em silêncio, com os braços cruzados sobre o peito enquanto andava nervosamente na areia.

Franzi o cenho, mas logo voltei minha atenção para nossa coordenadora, a Kristin, quando ela tentou se explicar.

– Vai dar tudo certo, Bennett – ela dizia, com palavras que deveriam me acalmar, mas apenas me irritavam ainda mais. Quando as coisas não dão certo, você grita com alguém. Você deixa bem claro que espera nada menos do que a perfeição. Você bate portas e demite pessoas. Você não fica parada com seu blazer azul dizendo para a noiva robô e o noivo bobão que *vai dar tudo certo*.

– Aconteceu um probleminha com as roupas do casamento.

Um pequeno acidente. Um probleminha. Esses adjetivos não descreviam direito o medo que começou a subir por minha garganta.

– As roupas foram entregues hoje de manhã, mas quando abrimos os pacotes, percebemos que houve algum problema de comunicação e nada estava passado. É uma coisa *pequena*, Bennett. Eu nem incomodaria você se a própria Chloe não tivesse visto.

Então Chloe já tinha visto os pacotes de roupas amassadas e mesmo assim não tinha explodido. Eu suspirei e olhei para a praia, onde alguns bancos foram colocados para servir de descanso temporário aos convidados. As tias de Chloe estavam sentadas uma de cada lado do Will, que estava com as mãos dobradas no colo e parecia... tenso. Na verdade, parecia que estava prestes a sair correndo. Hanna estava conversando com Mina, mas ocasionalmente olhava para Will, e seu pequeno sorriso aumentava quando fazia isso. Ela seria uma excelente aliada no futuro.

Max e Sara estavam... em algum lugar. Revirei meus olhos quando percebi que eles ainda nem tinham descido do quarto. Maldito. Minha família estava conversando e esperando o ensaio começar.

- Então, e agora? - eu perguntei.

Kristin sorriu.

- Já enviamos tudo para a lavanderia para deixarem pronto amanhã de manhã. Eles prometeram entregar antes da uma hora.

- O casamento começa às *quatro* - eu disse, passando a mão em meus cabelos. - Você não acha meio apertado?

- Não deveria...

- Isso não é bom o bastante - eu a interrompi. - Eu mesmo vou buscar.

- Mas...

Meu irmão ouviu tudo e pousou a mão no ombro da Kristin.

- Apenas aceite - Henry disse. - É mais fácil assim, acredite.

—

O resto dos convidados chegou e eu fui buscar Chloe. Ela havia parado de andar nervosamente e estava agora sentada num banco com os pés enterrados na areia.

- Está pronta para o ensaio? - eu perguntei, testando seu humor. Ofereci meu braço e a ajudei a se levantar, tomando sua mão quando começamos a andar em direção aos outros. - Você está silenciosa demais.

Chloe sacudiu a cabeça.

- Estou bem - ela disse simplesmente, depois se dirigiu para onde Kristin indicou.

Então tá. Olhei para o céu, esperando ver nuvens se formando acima de nós.

O que sempre me deixava maluco com Chloe era que eu não conseguia ignorá-la, estivesse ela no mesmo espaço que eu ou não. Sempre foi assim desde o dia em que nos conhecemos. Eu a desejava a cada segundo de cada dia, e isso me irritava demais. Eu soltava

Noiva irresistível

os cachorros para cima dela para me distrair e ela cuspia tudo de volta. Isso apenas aumentava meu desejo por ela. Sempre.

Mesmo agora, de pé em lados opostos do altar enquanto ouvíamos o ministro James Marsters explicando nossas posições, eu não conseguia tirar os olhos dela.

– Bennett? – ouvi alguém me chamar e então olhei ao redor, surpreso ao perceber que todos estavam olhando para mim e esperando minha reação. O som da risada do Max soou pelo salão e eu mentalmente mandei ele se ferrar. – Você está pronto? – Kristin disse, lentamente, perguntando pela segunda vez.

Franzi meu rosto, irritado comigo mesmo por ter me distraído. Eu tinha certeza de que era importante saber o que diabos estava acontecendo.

– É claro.

– Certo. E vocês? – Kristin perguntou. – Os convidados poderiam formar uma fila, por favor?

Um murmúrio nos envolveu e viramos para observar enquanto todos se dirigiam para seus lugares no começo do corredor.

Henry, o primeiro padrinho, ficou na frente, oferecendo o braço para Sara.

– Certo, pessoal – Kristin anunciou –, vou explicar como vai ser. Eles puxarão cada um uma fila deste lado do jardim. As cadeiras vão começar aqui – ela disse, andando pelo corredor e gesticulando para um lugar perto da grama –, e continuarão até chegar na praia. Serão aproximadamente trezentas e cinquenta cadeiras – Kristin puxou Henry e Sara e os posicionou. – Certo, agora a próxima madrinha e padrinho?

Julia deu um passo para frente, e Max e Will fizeram o mesmo.

Max olhou feio para o Will e agarrou o braço da Julia.

– Esta adorável senhorita é minha, cara.

– Mas eu pensei que... Onde está a minha madrinha?

– Estou aqui, bonitão – olhei para trás do Will e lá estava nossa quarta madrinha: George, o assistente da Sara. Ele entrou na fila e agarrou o braço do Will.

– Você deve estar brincando – Will disse, depois quase pulou quando uma das tias da Chloe passou por ele e beliscou sua bunda.

– Pelo jeito você vai ter duas oponentes de peso – Max disse para George. – Aquelas duas não vão deixar barato se você roubar a presa delas.

– Ah, não – George disse. – Aquelas duas tiazonas que se cuidem, pois até que o gostosão e a rainha do gelo se casem, o Will aqui vai ser só *meu*.

– E meu também – Mina disse, tomando o outro braço do Will. – Este sortudo vai ficar com nós duas.

George sorriu para Mina.

– Você está disposta a se comportar mal?

Mina deu uma piscadela.

– A cada segundo de cada dia.

Chloe se virou para a Kristin.

– Podemos colocar um bar no altar. Só pra mim?

– O que está acontecendo por aqui? – Will disse, olhando para cada um de nós e depois para as duas tias. – Por acaso eu estou bêbado? Hanna, elas acabaram de beliscar minha bunda, e esse cara aqui – ele gesticulou para o George – quer me levar para casa depois da festa. Eu preciso de ajuda!

Hanna tomou um gole de sua bebida de mulherzinha, completada com um minúsculo guarda-chuva cor-de-rosa.

– Não sei, para mim parece que você está se dando muito bem aí em cima – ela disse, depois tomou outro grande gole com o canudinho. Hanna não era de beber muito; eu podia apostar com qualquer um que logo ela estaria dormindo de cara na areia.

– Meu Deus, na verdade, vocês é que devem estar bêbados – Will resmungou, enlaçando o braço de George. – E não tente conduzir – ele disse, depois ofereceu o outro braço para a Mina.

– Agora que isso está resolvido – Kristin disse com um suspiro –, os outros podem formar a fila. – Os convidados tomaram seus lugares e, finalmente, prestaram atenção em silêncio. – Certo, ótimo. Chloe, você começa aqui atrás. Onde está o pai da noiva?

Frederick tomou seu lugar ao lado de Chloe e a cerimônia continuou. Graças a Deus tudo que eu precisava fazer era conduzir minha mãe até seu lugar, pois tudo parecia muito complicado, e os peitos de Chloe estavam demais com aquele vestido rosa.

Quando minha noiva finalmente alcançou o altar, eu tomei suas mãos e nós viramos para o ministro, aquele velhinho quase senil de cabelos brancos e olhos azuis que mal parecia nos enxergar.

Chloe estava estranhamente quieta, prestando atenção e respondendo quando era preciso, mas nada além disso. Parte de mim estava começando a se preocupar que isso fosse mais do que nervosismo antes do casamento. Decidi chamá-la de lado quando tudo acabasse, mas então o ministro disse:

– E então vou pronunciar vocês Sr. e Sra. Ryan, daí o Bennett...

Observei a Chloe levantar a cabeça de repente como se tivesse ouvido algo errado.

– O que você disse? – ela perguntou, esperando atentamente, e por um momento eu pensei: *Sim, aí está aquele fogo, a mulher de quem Max estava falando hoje de manhã.*

E então entendi o que o ministro disse que a irritou tanto. *Lá vamos nós*, pensei.

– Que parte, senhorita? – ele perguntou, passando os dedos em seu livro gasto, tentando encontrar alguma frase que tivesse pulado ou lido errado, algo que pudesse causar aquela resposta imediata.

– Você disse "senhor e senhora Ryan"? – ela esclareceu. – Ele permanece um homem, mas eu serei sempre conhecida como algo que pertence a ele? Eu vou perder minha identidade e existir apenas com a *esposa* de alguém?

Ouvi a voz de Max por cima de uma onda de murmúrios.

– Mais alguém está sentindo cheiro de chuva?

O ministro estendeu o braço e tocou o ombro de Chloe, exibindo um sorriso paternal.

– Eu entendo, minha querida... – ele disse, virando os olhos para mim como se estivesse pedindo ajuda. – Não foram essas palavras que você pediu, Bennett?

Ela girou a cabeça na minha direção com um olhar fulminante.

– *Como é?*

– Chloe – eu disse, apertando sua mão. – Eu entendo o que você está dizendo e podemos mudar isso. Eles me perguntaram se eu tinha alguma preferência na cerimônia, e eu apenas...

Ela deu um passo para trás, sacudindo a cabeça como se não pudesse acreditar no que estava ouvindo.

– *Você?!* – ela gritou com a voz mais exagerada possível, e fiquei até um pouco impressionado em ver tanta raiva e irritação numa única palavra. – Você disse isso para ele? Essas são palavras que *você escolheu?*

– Eu não escolhi essa frase especificamente – eu disse, horrorizado, mas ao mesmo tempo um pouco excitado com sua respiração furiosa. – Mas essa parte estava na...

– Eu não preciso que você me explique nada. Ele está lendo um livro arcaico que promove essa ideia idiota de propriedade patriarcal. Uma versão que *você* escolheu. Foda-se isso. Eu não fiz faculdade, e pós-graduação, e um estágio enquanto aguentava sua cretinice apenas para depois perder minha identidade e ser conhecida como uma esposinha. E outra coisa – ela disse, tomando fôlego e virando para Kristin, que estava congelada. – Que tipo de lavanderia de quinta entrega milhares de dólares em vestidos e ternos como se tivessem passado por um moedor de carne?

Excitação, luxúria e raiva embaçaram os limites da minha visão.

– Que diabos você quer dizer com *minha* cretinice? Se você não fosse uma maldita garota mimada e egocêntrica que acha que o mundo inteiro gira em torno de você talvez eu fosse um chefe mais agradável.

– Isso é piada, né? E você preferia que eu fosse uma idiota submissa que traz o seu café e bolinhos e finge que você não fica olhando direto pros meus peitos?

– Quem sabe eu não olharia tanto pros seus peitos se você não ficasse em cima de mim a toda hora.

– Quem sabe eu não ficaria tanto em cima de você se você não me chamasse para aquele seu maldito escritório do inferno pra qualquer coisinha. "Srta. Mills, eu não consigo ler sua caligrafia no relatório. Srta. Mills, eu pedi especificamente que os documentos estivessem em ordem alfabética. Srta. Mills, eu derrubei minha caneta no chão, venha até aqui e fique de quatro porque eu sou um *maldito pervertido!*"

– Eu nunca disse pra você ficar de quatro!

Ela se aproximou e apontou o dedo para mim.

– Mas você *pensou.*

Com certeza, isso eu admito.

– Também pensei em despedir você umas setecentas vezes. Espero ter tomado a decisão certa por não ter ouvido meus instintos.

– Você é um filho da mãe muito egocêntrico.

– E você ainda é uma cretina pé no saco! – eu gritei de volta. E por Deus, isto era tão familiar e tão bom, era exatamente do que nós precisávamos. Eu queria jogá-la no chão e rasgar suas roupas para poder morder e marcar toda sua pele.

Segurei seus cabelos e ela deu um tapa em minha mão, depois agarrou minha camisa e me puxou, beijando muito forte e com mais língua do que seria apropriado, considerando onde estávamos. Um fato que apenas me lembrei quando ouvi o burburinho ao nosso redor.

– *Meu Deus* – ouvi alguém dizer.

– Eu acho... acho que eles se estressaram muito nas últimas semanas - minha mãe murmurou.

– Nossa, isso é muito constrangedor - outra pessoa disse.

– Eles vão transar lá em cima ou...? – esse com certeza foi o George.

– Quem apostou que seria hoje? – Henry perguntou. – Will? Foi você?

A essa altura, Chloe já havia me jogado no chão e estava subindo em cima de mim.

– Certo, certo! – a voz do meu pai cortou o salão e eu me apoiei num joelho, tentando tirar minhas mãos dos cabelos de Chloe e as mãos dela do meu cinto. – Acho que já está bom de ensaio. Kristin? Você pode chamar os carros lá para frente? Já está na hora do jantar do ensaio. Ei, todo mundo, vamos embora!

Cinco

Eu sentia como se minha pele fosse pegar fogo. Bennett estava ao meu lado na limusine enquanto nos dirigíamos para o jantar, olhando e-mails em seu celular, extremamente calmo. Depois que o ensaio implodiu em caos, fui até o quarto para me trocar, lavar o rosto e recuperar minha sanidade. Mas assim que voltei para junto dele, eu queria encontrar mais alguma coisa para poder gritar. Eu queria começar outra briga homérica. Infelizmente para nós, brigas significavam sexo, mas nós concordamos com a regra idiota da abstinência.

Em vez de brigar de novo, ficamos sentados em silêncio, com a lembrança do ensaio desastroso pairando entre nós como uma grossa névoa.

Bennett pigarreou e, sem olhar para mim, perguntou:

— Você trouxe suas pílulas?

Olhei para ele e bati em sua mão que segurava o celular. Ele o guardou.

— O que você acabou de perguntar?

— Suas pílulas contraceptivas — ele esclareceu. — Você. Trouxe. As. Pílulas?

Eu virei no banco para encarar seu rosto, sentindo a adrenalina disparar em minhas veias.

— Você está brincando comigo?

— Eu *pareço* estar brincando?

— Eu tomo pílula há dez anos sem a sua ajuda, viajei praticamente toda semana no último ano e nunca me esqueci de trazê-las em nenhuma viagem, você acha que precisa verificar isso comigo *agora*?

Ele desviou os olhos e pegou o celular de novo.

– Um simples "sim" ou "não" teria sido suficiente.

– E o que você acha de um "vai se foder"?

Virando a cabeça para mim, ele disse num tom muito baixo:

– Acho que você está brincando com fogo, Srta. Mills.

Um calor desceu por minha barriga até o meio das minhas pernas quando percebi que ele estava me provocando de propósito. Por mais calmo que parecesse, ele estava tão excitado quanto eu. Eu me ajeitei no banco e murmurei:

– Idiota egocêntrico.

– Cretina temperamental.

Eu me inclinei para cima dele e pontuei cada palavra com um toque do meu dedo em seu peito.

– Seu. Arrogante. Tirânico. Insuportável. *Estúpido*.

Minhas costas atingiram o chão da limusine com força e Bennett colocou todo peso de seu corpo sobre mim, com seu pau pressionando o espaço negligenciado entre minhas coxas. Subindo minha saia até a cintura, ele se esfregou em mim, sua boca cobriu a minha e forçou meus lábios para que pudesse correr a língua para dentro. Eu senti mais do que ouvi seu gemido, o som vibrando por minha língua e descendo pela garganta; minha boca, minhas mãos, meu sexo sentiam o vazio. Eu o queria em *todos os lugares*.

Puxei seu cabelo com força até ele grunhir de dor. Bennett apanhou meu pulso, prendendo meu braço sobre minha cabeça enquanto levava a outra mão entre nossos corpos.

Ele precisou de dois puxões para rasgar minha calcinha – afinal de contas, por que eu usaria uma fraquinha se não esperava que ele fosse me tocar lá embaixo? – e depois ele abriu seu zíper, libertando seu pau e se posicionando.

– Por favor – eu implorei, tentando libertar meu pulso para poder colocar as duas mãos em sua bunda e assim controlar seus movimentos.

— Por favor, me coma? — ele perguntou, chupando meu queixo e pescoço. — Por favor, me faça gozar?

— *Sim.*

Seus lábios se moveram sobre meu pescoço, chupando, lambendo.

— Você não merece isso agora. Eu só quero... — Bennett olhou para mim com um olhar tenso. — Eu quero...

— E o casal de noivos acabou de chegar! — escutei uma voz abafada surgindo do nada.

Nós nem percebemos que estávamos estacionados até que a porta da limusine se abriu e vimos Max, sorrindo para nós até nos ver no chão enganchados um no outro. Seu rosto passou de feliz para horrorizado num segundo, e ele fechou a porta com força. Lá fora, eu o ouvi dizer:

— Parece que os noivos precisam de um tempinho para terminar uma conversa.

Bennett se apressou em sair de cima de mim e colocou o pau e a camisa para dentro da calça. Eu me sentei, empurrando minha saia para baixo e apanhando minha calcinha rasgada.

Com um rosnado irritado, eu joguei a calcinha na cara dele.

— Fala sério, Bennett! Você não consegue controlar seu fetiche nem por uma maldita noite?

Ele sacudiu a cabeça e guardou a calcinha no bolso.

Levei um minuto para checar a maquiagem no meu espelhinho enquanto Bennett apoiava os cotovelos no joelho e quase arrancava os cabelos.

— Merda! — ele gritou.

— Foi você quem inventou essa regra estúpida.

— É uma *boa* regra.

— Eu também achei. Mas agora já não tenho tanta certeza. Você transformou a nós dois em um casal de homens das cavernas.

Quase com o mesmo ritmo, nós respiramos fundo várias vezes. Encostei a mão na porta e olhei para ele.

– Pronto?

Ele soltou os cabelos e se virou para me encarar. Bennett examinou meu rosto e meus cabelos, e deixou o olhar cair até meus peitos e minhas pernas antes de voltar a focar meus olhos.

– Quase – ele chegou mais perto, tomou meu rosto com as mãos e me beijou. Puxou meu lábio inferior em sua boca e o chupou. Sem nunca piscar, Bennett olhou diretamente para mim, com seus olhos passando de duros e frios para acolhedores e amorosos. Soltando meu lábio, ele repetiu: – Quase – depois beijou meu queixo, meu pescoço, voltando para um último e demorado beijo na boca.

Ele estava pedindo desculpas por ser um cretino. E o meu pedido de desculpas foi permitir que ele fizesse isso.

O restaurante Bali Hai ficava a quilômetros do nosso hotel, mas era um dos lugares favoritos de Bennett em San Diego. Localizado na ponta mais ao norte de Shelter Island, o restaurante possuía uma vista incrível de toda a enseada e da maior parte da praia de Coronado. O prédio, reminiscente do estilo tiki, da Polinésia, tinha dois andares, com um famoso restaurante no andar de cima e um grande salão privado de eventos ao nível do mar.

Desci da limusine e pisei na calçada que agora estava vazia (aparentemente Max decidira que era melhor sermos recebidos lá dentro) e dei um grande sorriso. Embora eu tivesse visto fotos e escutado muito sobre o cardápio, eu ainda não tinha visto o lugar com meus próprios olhos; Bennett quis organizar este jantar para mim, assim como eu tinha organizado a lua de mel. Alugamos todo o primeiro andar e a festa já se espalhava pela varanda afora. Um bar foi montado de frente para o mar, e um *bartender* já misturava algumas bebidas lá dentro. Garçons carregando aperitivos andavam pela multidão, e todos os convidados estavam aqui para este jantar antes do grande dia. Quando pisamos no salão, todos olharam para nós dois.

Foi engraçado... essas pessoas eram nossos familiares e melhores amigos, mas ao meu lado, Bennett forçava um sorriso, agradecendo a todos. Eu não podia culpá-lo por sentir esse constrangimento. Vai saber quantas pessoas tinham nos visto no chão da limusine, com Bennett prestes a me penetrar...

Quando os cumprimentos diminuíram, ouvi a distinta voz de tia Judith quebrar o silêncio quando ela praticamente gritou:

— Aquele homem poderia me comer até eu voltar a ter vinte anos.

Murmúrios e risadas constrangidas surgiram, mas Judith nem ligou por ter sido flagrada assediando o noivo. Ela apenas encolheu os ombros e disse:

— O que foi? É verdade. Não finjam que vocês não sabem do que eu estou falando. Só estou dizendo que é melhor nossa Chloe ter algumas cartas na manga, só isso.

— Bom, meu rosto não está tatuado no braço dele — murmurei, sorrindo docemente para Bennett.

Com o cenho franzido, ele me conduziu pelo salão, indo direto para o bar.

— Eles fazem um coquetel chamado Mai Tai aqui, que é muito forte — ele alertou antes de pedir um. — Quer dizer, é puro álcool.

— Você diz isso como se fosse uma coisa ruim — eu me apertei nele, enganchando seu braço. Sorrindo para o *bartender*, eu disse: — Quero um igual.

— Nós estamos dirigindo demais nesta semana — resmungou o tio do Bennett, Lyle, que chegou atrás de nós. — Não sei por que não podemos ficar simplesmente num lugar só.

Minhas sobrancelhas se ergueram enquanto eu encarava Bennett. Não apenas estávamos pagando para sua família inteira se hospedar no Del, como também contratamos carros para conduzir a todos. Ele apertou meu braço como se pedisse paciência: *nossa família é maluca.*

Pigarreando, Bennett disse:

— Temos vários pontos turísticos para visitar, Lyle. Nós não queríamos que vocês perdessem nada.

Bull chegou perto de nós, com sua famosa capa térmica para cerveja envolvendo uma lata, e fez um sinal de aspas no ar.

— Eu sei que "ponto turístico" eu gostaria de visitar — ele deu uma piscadela para mim. Era como se ele tivesse apertado um gatilho em minha direção. "ESSA MULHER AÍ."

— Bull, você é sempre um cavalheiro... — Bennett disse secamente.

Bull fez um tchauzinho e foi direto para a pista de dança vazia. O DJ estava apenas começando a tocar, mas isso não parecia importar. Bull começou a dançar como um maluco, olhando para todas as mulheres ao redor com um olhar que provavelmente só ele achava sexy.

— Hoje eu sou um solteirão, garotas. Quem vai ser a primeira?

Praticamente todo mundo desviou a atenção.

Peguei meu Mai Tai e dei um gole. Imediatamente tossi.

— Uau, você não estava brincando — Bennett esfregou minhas costas enquanto eu tomava ar. — Isso aqui é *realmente* forte.

— Ah, por favor, Chloe — George disse quando se aproximou, batendo sua cintura em mim. — Você é homem o suficiente para aguentar.

— Mais homem do que você — concordei, olhando para ele. George havia se trocado e agora estava vestindo um par de jeans e uma camisa incrustada de brilhantes. Ele estava *fantástico*. Fiquei um pouco triste quando percebi que ele não teria ninguém divertido para flertar, exceto Will, que estava usufruindo de um descanso merecido com Hanna num canto. Will parecia um pouco exausto por causa das Aventuras de Judith e Mary — ele finalmente cedeu e começou a gostar das estranhezas das duas, permitindo que elas dessem morango em sua boca no café da manhã enquanto Hanna ria ao lado. Mas continuar a brincadeira com o George seria demais. – Parece que o primo do Bennett está procurando alguém para dançar. Você está pronto para laçar o Bull?

George levantou uma sobrancelha ao olhar para ele, que ainda estava dançando sozinho tentando seduzir todo o mulherio ao redor.

– Essa é minha única opção de diversão neste fim de semana?

– Infelizmente, acho que sim. A menos que você esteja disposto a continuar tentando converter o Will. Mas acho que você vai ter muita competição nessa luta, e eu soube que a Hanna está tentando quebrar o pênis dele neste fim de semana.

George pegou minha bebida e tomou vários goles antes de estremecer e me devolver apenas pela metade.

– Nossa, isso é forte.

– Se você acha que *isso* é forte – Lyle disse, apontando para o George –, você deveria experimentar as bebidas que tomávamos na marinha.

Um sorrisinho surgiu no canto da boca do George.

– Aposto que eu teria adorado tudo na marinha.

– E todos os marinheiros – Bennett acrescentou discretamente enquanto tomava um gole. Ele correu sua mão livre pelas minhas costas até chegar à minha bunda.

Lyle continuou como se ninguém tivesse falado nada:

– Aquelas bebidas... Você toma um gole e depois pensa que gasolina é igual a água. E como a gente ficava animado depois... – Ao meu lado, Bennett se mexeu, gemendo baixinho. Lyle assentiu, apontando para mim. – Eu tinha que andar por aí até achar alguma mulher solícita, às vezes precisava pagar, mas eu não me importava – Lyle olhou ao redor do salão, erguendo seu drinque para Elliott e Susan. – A bebida era forte assim, o que mais eu podia fazer?

Tapei minha boca tentando não rir.

– Ah, não sei, Lyle – Bennett disse. – Talvez você pudesse não apontar para minha noiva quando fala sobre contratar prostitutas?

– Isso é o que eu provavelmente faria – George concordou.

Sem nem perceber sua gafe, Lyle continuou.

– Eles colocavam um pau de canela no natal. Para celebrar a ocasião. Mesmo assim, era puro veneno.

– Veneno de canela – eu acrescentei.

– Nas bebidas ou nas prostituas? – George perguntou.

Lyle não achou nem um pouco engraçado.

– Nas bebidas.

– Bom, podia ser um ou outro, né? – eu disse para o George.

– Eu não sei qual é o sabor de uma mulher, com ou sem canela – George sussurrou para mim. – Talvez seja algum fetiche.

– Tinha um cara no quartel – Lyle recomeçou, voltando a lembrar do passado. – Qual era mesmo o nome dele? – Tomou outro gole, fechou os olhos e depois abriu de repente. – Bill. Ah, aquele Bill, vou te contar. Ele era uma figura. Teve uma noite que ele bebeu tanto que voltou vestindo calcinha e sutiã. Acabou sendo perseguido no quartel a noite inteira.

Nós ficamos em silêncio, contemplando aquela imagem quando o George disse:

– Foi o que eu disse. A marinha parece ser a minha praia.

Então, nós todos viramos ao mesmo tempo quando ouvimos um grito. Do outro lado do salão, Will estava segurando sua bunda com as duas mãos e olhando feio para minha tia Mary. Ele começou a andar em direção a ela enquanto Mary cobria a boca.

George olhou para mim.

– Eu deveria estar com ciúme por outra pessoa estar assediando meu garotão?

– Sim, muito ciúme – Bennett disse com um sorrisinho. – Estou surpreso pelas tias da Chloe ainda não o terem enlaçado.

– Bom, então acho melhor ir atrás dele e dizer que uma vez que experimentar a fruta, vai descobrir que não tem nada melhor. Acho que ele vai ficar interessado em saber o que minhas mãos mágicas podem fazer – Ele mexeu os dedos sugestivamente.

Lyle se virou, segurando sua bebida, e olhou para George confuso.

– Com um teclado. Minhas mãos são mágicas para tocar teclado – George acrescentou, piscando para mim antes de cruzar o salão.

No jardim, Bennett e eu observávamos o oceano e conversávamos com alguns primos que ele não via há anos. Eles eram legais, mas a conversa entrou no território familiar da maioria das conversas nesta semana:

Como é o tempo em _____?
Você trabalha com o quê mesmo?
Quando foi a última vez que você encontrou com Bennett?

O tempo todo, sua mão agarrava minha cintura, como se estivesse me punindo por alguma coisa.

Seu toque bruto me irritava ao mesmo tempo em que excitava. Deslizando minha mão sobre a dele, eu cuidadosamente enterrei as unhas nas costas de sua mão. Ele me apertou mais forte e eu as enterrei mais ainda. Com um pequeno ganido, ele me soltou e me olhou feio.

– *Mas que droga*, Chloe.

Eu sorri para ele com doçura, satisfeita por ter vencido essa pequena batalha. Então senti a grande mão de Max em meu ombro enquanto se enfiava entre mim e Bennett para dizer aos primos, que a essa altura estavam com os olhos arregalados sem entender nada:

– Não liguem para eles. É assim que eles demonstram amor.

O DJ anunciou que o jantar estava sendo servido, e todos se dirigiram para as mesas. Bennett e eu ficamos na cabeceira da mesa, espremidos entre nossos pais e de frente para todos os convidados.

Eu ainda podia sentir a força da mão de Bennett apertando minha cintura, e *doía*. Mas mais do que isso, eu sentia o lugar vazio e frio. Ele era o único homem que eu desejava tão desesperadamente que o atormentava apenas para desfrutar da satisfação de conseguir quebrar seu ímpeto e observá-lo cedendo a mim.

Elliott e meu pai se levantaram e andaram até a frente do salão. Elliott sorriu para o DJ e pediu o microfone.

– Bennett é meu filho mais novo e ele sempre levou uma vida obstinada e equilibrada. Quando Chloe apareceu em minha vida, Bennett ainda morava na França. Na época, eu não fazia ideia do que ela causaria na compostura do meu filho.

O salão se encheu de leves risadas e murmúrios concordando.

– Mas eu tinha uma esperança – ele disse, olhando para mim. – Foi difícil conhecer você, minha querida, e não querer que pertencesse a nós de algum jeito. Mas, principalmente com esses dois, você não pode forçar nada. Eles são forças da natureza. Estou muito feliz por vocês dois, e muito feliz por mim e Susan, Henry e Mina. Sentimos como se o mundo tivesse tomado o caminho certo quando vocês dois se juntaram.

Meu pai tomou o microfone em seguida. Fez um chiado horrível e todos estremeceram. Meu pai pediu desculpas com a voz trêmula e depois limpou a garganta.

– Chloe é minha única filha, e sua mãe faleceu vários anos atrás. Acho que estou aqui representando a nós dois, mas eu nunca fui bom nesse tipo de coisa. Tudo que quero dizer é que estou muito orgulhoso de você, minha filha. Você encontrou a pessoa que não apenas consegue lidar com você, mas *quer* lidar com você. E, Ben, eu gosto de como você olha para minha filha. Gosto do que vejo em você, e também tenho orgulho de poder chamá-lo de filho.

Elliott percebeu que meu pai estava começando a se emocionar, então ele apanhou o microfone de volta.

– Nós fizemos um vídeo com as fotos desses dois crescendo. Vamos deixar passando durante o jantar. Por favor, divirtam-se e aproveitem a ocasião.

Os convidados aplaudiram e depois gemeram em uníssono quando fotos de nossa infância começaram a passar no telão. Eu sorri diante das minhas fotos nos braços da minha mãe e brincando com meu pai. Eu parecia tão *pateta*. Em cada uma de suas fotos, Bennett estava arrumadinho e lindo, mesmo em seus anos de adolescência constrangedora.

– Por acaso você *nunca* foi nem um pouco feio? – perguntei. Uma foto minha apareceu e todos riram: era o ano do pior corte de cabelo de todos os tempos (franjinha e *mullet*) e eu ainda usava aparelho.

– Espere e verá – Bennett murmurou.

Logo depois que ele disse isso, apareceu uma foto de Bennett segurando um certificado. Ele claramente havia espichado; suas calças estavam curtas, o cabelo longo e despenteado, e a fotógrafo o flagrou no meio de uma risada nem um pouco atraente. Mas ele parecia apenas um pouco menos bonito, e nem de longe estava feio.

– Eu odeio você – eu disse.

Ele se aproximou e me beijou.

– Eu sei.

O vídeo tinha algumas fotos recentes, e terminou com uma imagem que Susan mantinha num porta-retratos em sua casa: Bennett sussurrava algo em meu ouvido e eu ria. Eu virei para o lado e beijei o rosto do meu pai, depois me levantei e abracei Elliott e Susan.

As fotos começaram a se repetir e todos começaram a beber. Olhei para os convidados em nossa mesa. Sara disse algo para Max, que a beijou em seguida. Will jogou uma amêndoa para Hanna, que tentou apanhar no ar com a boca, mas errou por um quilômetro. George e Julia discutiam sobre o retorno na moda dos jeans rasgados. A sobrinha do Bennett, Sofia, subiu no colo de Henry e Elliott serviu água para Susan, que olhou para mim e sorriu, tão feliz que eu praticamente podia ver toda a história de Chloe e Bennett em seus olhos, e o quanto ela queria isso para o seu filho. Ao meu lado,

Bennett passou a mão debaixo da mesa e subiu por minha coxa e debaixo da saia.

Meu coração se apertou tanto que parecia ter parado de vez, depois acelerou de repente batendo fortemente.

O ensaio fora tão desorganizado que só ali, naquele momento, eu senti toda a força de nosso casamento iminente.

Eu iria me casar no dia seguinte.

Com o Bennett Ryan.

O homem que me fez amá-lo de tanto me comer com raiva.

Eu me lembrei...

— *Srta. Mills, trabalhar com você seria muito mais fácil se você não insistisse em ignorar todas as regras gramaticais em nossos relatórios.*

— *Sr. Ryan, notei que a empresa está oferecendo treinamento de comunicação para os administradores. Posso inscrever o senhor?*

— *Leve estes documentos para a contabilidade. O que foi, Srta. Mills? Você precisa de um mapa?*

Apanhei minha água com a mão trêmula e tomei um grande gole.

— Você está bem? — Bennett sussurrou em meu ouvido. Eu assenti freneticamente, exibindo o sorriso mais calmo que eu conseguia fingir. Com certeza eu parecia uma lunática. Eu podia sentir o suor escorrendo em minha testa, e meus talheres tilintaram no prato quando tentei apanhar o guardanapo. Bennett ficou me olhando fascinado, como se estivesse observando uma tempestade se anunciando ao longe.

— *É bom ver que você finalmente está cuidando da sua forma física, Srta. Mills.*

Maldito cretino irresistível.

— *E depois você vai compensar sua hora de atraso fazendo uma apresentação da conta da Papadakis para mim na sala de conferência às seis.*

E também lembrei...

— *Peça para eu fazer você gozar. Diga por favor, Srta. Mills.*

– *Por favor, vá se foder.*

Bennett deslizou a mão em meu pescoço para me acalmar. Olhei para ele e pisquei rapidamente.

– Eu te amo – sussurrei, sentindo meu coração como se estivesse preso em uma pipa carregada pelo vento. Era quase impossível não ficar grudada nele, implorando por seu toque.

– Eu também te amo – ele chegou mais perto e raspou os lábios sobre minha boca. Ao nosso redor, as pessoas urraram e aplaudiram. Mas, muito cuidadosamente, ele pressionou a boca em meu ouvido e murmurou: – Não se atreva a me provocar agora, Srta. Mills. Este não é o lugar para testar minha força de vontade.

Tentei explicar que eu não estava jogando, que eu não estava tentando seduzi-lo agora, mas nenhuma palavra saiu.

Ele sorriu, arrumando uma mecha do meu cabelo, mas o gesto amoroso foi traído por seu sussurro:

– Se você tentar me provocar com meu pai sentado aqui do lado, amanhã eu não vou me preocupar em ser gentil e vou comer você apenas forte e rápido. Vou deixar você com fome e insatisfeita em nossa noite de núpcias – ele afastou o rosto, deu uma piscadela, e depois passou a cesta de pão para Elliott, que estava ao seu lado.

Lembrei de uma vez, durante uma reunião, quando Henry encontrou os botões da minha blusa no chão da sala de conferência e Bennett me provocou, perguntando se eram meus. Foi *ele* quem arruinou aquela blusa, mas ficou lá fingindo inocência. Lembrei como fiquei magoada, com raiva e aterrorizada quando pensei que ele também queria arruinar a minha carreira diante de sua família.

Mas na verdade não era nada disso. Assim como eu, ele estava simplesmente tentando formar uma conexão, mas sem saber como, e completamente à mercê do fogo entre nós.

Lembro-me de ter saído correndo daquela reunião, extremamente irritada, assim que ela terminou. Aquela lembrança ainda estava tão fresca em minha memória que eu praticamente podia ouvir as portas do elevador se fechando e o calor de sua respiração em meu pescoço.

— *Por que você de repente está tão mais irritada do que o normal?*

— *Porque você me fez parecer uma vadia que transa para subir na vida na frente do seu pai.*

— Nós vamos nos casar amanhã — eu disse, suspirando. — Não é?

— Isso mesmo — Bennett tocou minha mão, sorrindo para mim, mas eu sacudi a cabeça, agarrando seu braço. Meu pulso acelerou ainda mais e senti minhas mãos suadas.

— *Eu tenho o poder? Foi você que se apertou contra o meu pau no elevador. É você quem está fazendo isso comigo.*

— Nós vamos nos *casar. Amanhã.* Diga isso para mim.

O sorriso dele diminuiu um pouco e seus olhos me olhavam confusos.

— Nós vamos nos casar amanhã.

Eu fechei meus olhos, lembrando-me agora de como sua expressão mudara naquela ocasião e seu coração ficara exposto para mim pela primeira vez.

— *O que você está fazendo comigo?* — ele perguntou.

— Você está mesmo bem? — Bennett sussurrou, olhando e sorrindo para o garçom que havia acabado de servir a entrada em nossa mesa.

— *Eu não quero sair por aquela porta e perder o que encontramos nesta sala.*

Empurrei minha cadeira para trás, levantei e saí correndo entre as mesas me dirigindo para os banheiros.

Subi as escadas e entrei na salinha reservada para os convidados, sem nem me preocupar em acender a luz. A sala era apertada e estava cheia de flores que deixavam o ar carregado de perfume. Respirei fundo, olhando para meu reflexo nos espelhos que forravam toda a parede em minha frente.

Era como se eu pudesse sentir cada emoção que já experimentei com Bennett, tudo de uma vez. Ódio, luxúria, medo, arrependimento, necessidade, fome, amor,

amor

amor

amor *incontrolável*.

Puxei meu colar, sentindo-me sufocada pela nostalgia, antecipação e, acima de tudo, necessidade de que tudo acabasse logo, que se tornasse oficial para que o destino não pudesse repentinamente decidir tomar um caminho diferente e de algum jeito nos transformar em inimigos em vez de amantes.

– Respire, Chloe – sussurrei.

A porta se abriu e um raio de luz cortou o quarto antes de tudo voltar à escuridão. As grandes mãos quentes de Bennett deslizaram por minhas costas e pousaram em minha cintura.

– Ei – ele disse, beijando minha nuca, sua voz grave se espalhando como uma corrente elétrica por minha pele.

Eu fechei os olhos e me endireitei, virando de frente para ele. Mergulhando meu rosto em seu pescoço, senti o cheiro de sua loção pós-barba, abri minha boca e chupei sua pele com vontade. Eu me sentia em casa com ele.

Bennett gemeu silenciosamente, arrastando os dedos por minha cintura, apertando, *tremendo*.

Mas com a lembrança da abstinência pela qual ele estava nos fazendo passar, uma onda de raiva, calor e frustração tomou conta de mim e eu bati em seu peito.

– *Você* fez isso comigo! Você e sua regra estúpida e seu sorrisinho provocador e o pau gigante que você não quer compartilhar! E seus dedos longos e a sua língua que faz aquela... aquela *coisa* que você sabe fazer! Você! – tomei fôlego e continuei: – Você é um perfeito *filho da mãe* teimoso e mandão! Vai se foder, Bennett! Por que você tem que ser tão esperto e tão bom em tudo? Por que você me ama? Por que eu tenho tanta sorte? Você está me transformando numa louca! Eu pensei que fosse começar a chorar lá fora!

Ele riu em silêncio e eu podia sentir seu desdém.

— Duvido. Você já chorou uns dois anos atrás. Acho que só vai chorar de novo daqui uns...

Eu o interrompi com um beijo que eu pretendia ser firme e apaixonado para fazê-lo calar a boca — para que *eu* calasse a boca — e agradecê-lo por ele ser *ele* quando eu mais precisava. Mas o beijo passou de firme para febril assim que ele abriu a boca, permitiu que eu deslizasse a língua sobre seu lábio inferior e contribuiu com sua própria língua.

Com um gemido, ele me ergueu e me pressionou contra a parede, com suas mãos subindo pela saia e os dedos agarrando minhas coxas.

— Você não está se arrependendo, não é?

— Não! — eu disse, deixando minha cabeça cair para trás e batendo na parede quando ele posicionou o pau entre minhas pernas.

— Pois eu arrastaria você até o altar pelos cabelos se fosse preciso.

Eu ri, e minha risada se transformou num gemido quando seus lábios subiram por meu pescoço até chegar ao meu queixo.

— É engraçado você pensar que poderia me arrastar para onde quisesse — eu disse.

Quando ele se voltou para mim, afastei meu rosto e empurrei seus ombros.

— Fique de joelhos.

Ele ficou me olhando.

— Como é?

— De *joelhos* — repeti.

Se um olhar pudesse matar, eu estaria dura no chão a essa altura. Mas sem dizer nada, Bennett me colocou de volta no chão e se ajoelhou na minha frente. Não foi preciso mais instruções; ele simplesmente colocou uma de minhas pernas sobre seu ombro, inclinou-se para frente e colocou a língua em meu clitóris.

O único objetivo de Bennett era me fazer gozar em tempo recorde. Não houve nenhuma preliminar; nada de provocações ou beijinhos safados. Havia apenas sua boca aberta, chupando e, finalmente, pressionando os dedos na entrada da minha vagina, girando e juntando todo o líquido dela.

Mas ele não fez o que eu estava esperando. Ele deslizou o polegar em cima de mim e arrastou os dedos molhados para minha parte de trás, onde cuidadosamente enfiou apenas um dedo. Soltei o gemido mais desesperado e patético da minha vida, agarrando seus cabelos para poder impulsionar minha virilha contra seu rosto. Bennett não me penetrava ali frequentemente, mas quando fazia – fosse com os dedos ou com o pau – sempre me deixava saciada e amortecida por vários dias.

Sua boca chupava e puxava minha pele sensível, e seu polegar e os outros dedos pressionavam e depois relaxavam ao mesmo tempo, provocando um grande prazer pulsante. A sensação era ao mesmo tempo demais e insuficiente. Eu queria que tudo que o que ele estava fazendo fosse mais profundo, mais forte, maior, até quase doer. Meu prazer se concentrou em meu estômago, num formigamento que latejava entre minhas pernas. Eu temia que a explosão iria me frustrar, com tanta coisa acontecendo lá fora, do outro lado da porta. Eu achava que nada além do corpo nu de Bennett seria suficiente, pesado e dominador, penetrando em mim.

Mas então, como se tivesse lido meus pensamentos, ele enfiou outro dedo lá atrás, e me fodeu mais forte e rápido até minhas coxas tremerem e o prazer explodir num calor delicioso que arrancou um gemido afogado da minha garganta.

Bennett não parou até eu ficar sem fôlego, apoiada em seus ombros e tentando empurrá-lo para longe. Então, gentilmente, ele beijou meu sexo e se recostou, olhando para mim.

— Você acha que agora consegue aguentar até amanhã?

Encostei minha cabeça na parede, sentindo minhas pernas moles como geleia.

— Com certeza.

— Parece que você foi comida de jeito.

Suspirando, eu murmurei:

— Eu me sinto comida de jeito. Você e essa sua boquinha mágica e seus dedos safados sabem o que estão fazendo.

— Eu sabia que iria funcionar — ele se levantou e ajeitou o casaco.

Baixei a minha mão e segurei seu pau, massageando e sentindo a ponta grossa de sua ereção.

— Um de nós deveria voltar para lá. Nós sumimos... já faz alguns minutos. Mas é sério, Bennett, isso foi incrível.

Ouvi seus dentes rangerem e olhei para seu maxilar se movendo de um lado a outro.

— Eu sei.

— Sinto muito não termos tempo para eu devolver a gentileza — sussurrei, beijando seu queixo.

— Vá se ferrar.

— Bom — eu disse, dando um tapinha em seu rosto —, você precisa se limpar, de qualquer maneira. Aproveite para bater uma no banheiro — dei um beijinho em seus lábios e acrescentei: — *De novo*.

Ele mergulhou sua cabeça em meu pescoço e inspirou meu perfume antes de bater com a mão na parede ao lado da minha cabeça e sair correndo da sala. Eu acendi a luz e examinei meu reflexo. Arrumei meu cabelo com minha presilha de brilhantes e sorri para a minha imagem antes de voltar para o corredor.

Will saiu do banheiro logo após Bennett entrar apressado. Virando-se para mim, ele riu e perguntou:

Noiva irresistível

– O que deu nele?

Eu encolhi os ombros e respondi simplesmente:

– A culpa é toda dele.

Will assentiu ironicamente.

– Você está pronta para amanhã?

– Nem um pouco.

Ele envolveu meu ombro com seu braço.

– Vai ser perfeito. E mesmo que não seja perfeito, teremos álcool à vontade.

– Eu sei. Na verdade, não estou nervosa, estou apenas...

– Mamãe, esse é o homem com o pipi grande! Eu vi ele no banheiro!

Nós dois nos viramos e vimos o filho pequeno da prima de terceiro grau de Bennett, a Kate.

Tive que tapar minha boca para não explodir em uma risada. Will levantou as mãos e seu rosto parecia aterrorizado.

– Eu juro que não mostrei...

– Ah, eu sei que não – Kate o acalmou, com olhos arregalados e pedindo desculpas. Ela mordeu os lábios, olhando um pouco demoradamente demais para Will. Um silêncio longo e constrangedor se estendeu até ela se lembrar de sua própria existência. – Ele está aprendendo a usar o banheiro sozinho e meu marido disse que ele ficou analisando você – ela estremeceu o corpo todo, depois acrescentou: – Quer dizer, não o meu *marido*. Entendeu? Não foi o meu marido que ficou olhando para você no banheiro. Isso seria estranho. Mas ele mencionou que nosso filho estava andando por aí e... Oh, Deus, é melhor eu parar de falar, nada de bom pode sair dessa história – Kate então apanhou a mão de seu filho e entrou no banheiro das mulheres.

Olhando para o Will, eu perguntei, incrédula:

– O que foi *isso*?

Ele deu de ombros, rindo um pouco.

– Aquele garoto estava andando pelo banheiro enquanto o pai dele lavava as mãos. Não foi nada de mais.

– Por que as mulheres perdem a habilidade de falar quando estão perto de você?

– Tem certeza de que isso acontece? – ele perguntou, sorrindo para mim. – *Você* consegue falar.

– Isso é porque eu sou mais leoa do que mulher – respondi com uma piscadela.

– *Touché* – olhando para mim, seus olhos faiscaram de repente, como se fosse um cachorro que avistou um osso suculento. – Tem uma coisa que eu queria conversar com você.

– William – eu disse, me apoiando na parede –, estou lisonjeada, mas se você me criticar por alguma coisa, vou chutar o seu traseiro tão forte que o seu nariz vai sangrar.

Ele suspirou, olhando intensamente para mim.

– Chloe, eu sei que você é a única mulher que conseguiria fazer isso comigo. Mas não quero falar sobre você. Quero falar sobre seu futuro marido.

– O que é que ele aprontou dessa vez?

Will exalou lentamente. Ele era um adversário e tanto.

– Eu acho que você sabe o que ele fez.

Olhando para ele, eu podia ver traços de batom em seu rosto e arranhões provavelmente feitos por unhas postiças. Will era o mestre da sedução e do blefe. Na verdade, era fascinante enxergar sua armadura cedendo.

– Ah, qual é, a Judith e a Mary são adoráveis.

– Certo – ele disse, rindo um pouco. – E eu sei que foi o Bennett quem as encorajou a agir assim. Vou dizer uma coisa, Chloe, eu vou me comportar pelo resto do fim de semana. Mas assim que vocês voltarem da lua de mel, eu vou me vingar. Entendeu?

Eu sorri com entusiasmo.

– Aquele palhaço psicótico que eu enviei no aniversário dele não vai ser nada comparado com o que vou fazer. O laxante que ele colocou na minha comida? Vai parecer brincadeira de criança. Se você achou que foi ruim quando eu enviei aquele currículo falso para a vaga de assistente e depois uma stripper apareceu na entrevista, você ainda não viu nada.

– Mal posso esperar, Dr. Sumner.

Ele cerrou os olhos e disse:

– É um pouco estranho ver o quanto você parece *animada* com isso.

Eu me endireitei e belisquei seu rosto.

– Eu *estou* animada. Gosto de ver que a única coisa que vai mudar depois desta semana é que o Bennett vai ter um anel no dedo e o meu sobrenome na identidade. Gosto de saber que vocês vão continuar com essa guerra de testículos. Você e Hanna vão continuar adoráveis, Max e Sara vão continuar apaixonados. Bennett vai continuar me deixando maluca e me amando ao mesmo tempo. É a vida do jeito que deveria ser.

Nesse momento, Bennett saiu do banheiro com uma expressão muito mais calma. Ele deu uma piscadela para mim.

Will olhou feio para ele antes de se virar e voltar para o andar de baixo.

– E então? – perguntei quando Bennett beijou meus lábios.

– Então o quê?

– Está se sentindo melhor?

Ele deu de ombros.

– Um pouco.

– Qual foi a fantasia?

Seus olhos castanhos ficaram duros quando olhou para minha boca. Inclinando-se para frente, ele murmurou:

– Você estava amarrada e amordaçada. Eu comi você por trás e não deixei você gozar.

Quando ele beijou meu rosto e apanhou minha mão para voltarmos ao jantar, eu sabia que estava dizendo a verdade. E, de repente, eu já não me senti tão saciada quanto antes.

O jantar já estava terminando e os convidados começaram a pedir coquetéis, conversando em pequenos grupos e se aventurando na pista de dança. Da nossa mesa, Bennett e eu ficamos apenas observando. Seu longo braço esticava-se na cadeira atrás de mim, e ele brincava com meus cabelos.

— Você é muito irritante — ele sussurrou.

— Bom, não ouvi você reclamar quando estava me violando lá no banheiro.

Rindo um pouco, ele completou:

— Você não tem vergonha na cara.

— Não tenho mesmo.

Ele sacudiu a cabeça e apanhou sua bebida.

Olhei para Judith e Mary "ensanduichando" Will.

— Você vai se encrencar por causa daquilo — disse. — Will me contou que vai se vingar à altura.

— Eu já esperava por isso.

As mãos delas exploravam cada canto possível de Will. Ele estava tentando levar na boa, mas, meu Deus, até mesmo o cara mais calmo do mundo não aguentaria aquilo.

— Vocês duas, parem de se comportar mal! — meu pai gritou do outro lado do salão.

— Estamos apenas brincando, Freddy, relaxa! — Judith gritou de volta. Quando ela agarrou a bunda de Will, ele cuidadosamente se levantou e se aproximou da mesa do DJ, onde agarrou o microfone.

— Hanna! — o microfone chiou e todos cobriram os ouvidos. O DJ parou a música abruptamente e o silêncio tomou conta do salão. Will parecia absolutamente calmo. — Hanna. Olhe para mim.

Todos se viraram para ela, que conversava com Mina. Seus olhos se arregalaram e ela sacudiu a cabeça levemente.

— Oh, Deus — ela sussurrou.

— Lembra do que eu mencionei no avião? — ele perguntou, com os olhos grudados nela.

Um pequeno sorriso surgiu em sua boca.

— Refresque minha memória.

Ele fechou os olhos com força, respirou fundo, e quando abriu de novo, disse:

— Case-se comigo.

Eu claramente não fui a única pessoa surpresa. Acho que o salão inteiro ofegou ao mesmo tempo. Bennett, antecipando minha necessidade, pegou seu lenço no bolso e o ofereceu para mim. Do outro lado do salão, vi Max fazendo a mesma coisa para Sara. Mas enquanto ela aceitou e agradeceu, eu dei um tapa na mão do Bennett.

— Desculpe, Chloe — Will disse, parecendo nem estar ciente de que outras cinquenta pessoas podiam nos ouvir. — Eu sei que o momento é péssimo para fazer isso.

— Não se atreva a quebrar o clima falando comigo! Continue! Isso é a melhor coisa que aconteceu hoje.

Bennett apertou meu ombro, rindo disfarçadamente.

— Você vai pagar por essa.

Hanna começou a andar na direção de Will, e as pessoas na pista de dança abriram caminho para ela.

— Você está dizendo isso porque está com medo das mãos bobas das tias de Chloe?

— Um pouco — Will admitiu, com a voz quase falhando. Ele engoliu em seco e repetiu: — Um pouco. Eu quero dizer isso todos os dias, mas todos os dias fico com medo — erguendo a mão antes que ela pudesse entender errado, ele acrescentou: — Não por não ter certeza. Mas porque quero que você tenha tanta certeza quanto eu.

Hanna cruzou o salão, tomou o microfone das mãos trêmulas de Will e o devolveu para o DJ. Então, ela se esticou para beijar Will depois de dizer algo que ninguém mais ouviu, mas que fez Will Sumner abrir o maior sorriso de sua vida.

Os convidados começaram a aplaudir e Bennett sinalizou para os garçons servirem champanhe para todos. A música voltou a tocar e a pista de dança se encheu de novo.

Bennett se levantou e olhou para mim.

— Vamos dançar, Quase Srta. Ryan.

— Só se você me deixar conduzir, Quase Sr. Mills.

Seis

– Então, será que é o efeito dos dois Mai Tai que eu tomei – Chloe perguntou –, ou o Will realmente pediu a Hanna em casamento hoje?

– Pediu mesmo – eu respondi, fechando a torneira. – No meio do nosso jantar do ensaio. Com um *microfone*. Na frente das nossas famílias, e provavelmente até as pessoas no andar de cima ouviram. E pelo jeito, ela disse *sim*.

– Então, tá – ela disse enquanto escovava os dentes. Olhei para seu corpo quando ela se dobrou para enxaguar a boca, erguendo a bunda sugestivamente, e senti meu coração acelerar.

– Você deveria se apressar – eu disse, jogando a toalha na pia.

– Por acaso temos algum lugar para ir? – ela se levantou e me encarou, vestindo uma fina camisola rendada. Seus olhos estavam arregalados e fingindo inocência, como se não fosse a mesma mulher que me fez chupá-la num restaurante enquanto os convidados do nosso casamento se divertiam no andar de baixo. Eu fiquei aliviado por ela finalmente voltar a ser a *minha* Chloe, a mulher que era tão gananciosa quanto eu.

Mas agora era minha vez de brincar.

– Não. Você vai chupar o meu pau e depois eu vou comer você até alguém aparecer dizendo que está na hora do casamento – eu disse, desabotoando minha camisa.

Ela se endireitou e seus olhos grudaram no meu corpo enquanto eu expunha cada centímetro de pele após abrir cada botão.

– É mesmo?

Eu a pressionei contra a parede e passei minhas mãos por suas curvas até agarrar sua bunda.

– Você pode não conseguir andar direito amanhã.

– E quanto à sua regra?

– Regras são para idiotas que não vão transar hoje – afundei meu rosto em seu pescoço e lambi sua pele, depois a ergui e passei suas pernas ao redor da minha cintura. Eu a levei até o quarto e apaguei a luz quando entramos. – E já estou cansado de ser um idiota, Srta. Mills.

– Você chegou a essa conclusão antes ou depois de me fazer gozar? – ela perguntou, depois gemeu quando a joguei no colchão.

– Por que você ainda está falando? – rosnei.

Beijei sua boca com raiva e toda a frustração que senti na última semana. Absorvi seus gemidos e senti um arrepio quando os dedos dela puxaram minha camisa e seus pés empurraram minha calça para baixo.

– Você vai me chupar – eu disse. – E depois eu vou comer você de quatro no chão – de repente, ouvi um som na outra sala e levantei minha cabeça na escuridão. – Você ouviu isso? – perguntei, quase certo de que tinha ouvido passos no sala de estar.

– Com certeza – ela suspirou, sem perceber do que eu estava falando, ainda arranhando minhas costas com as unhas. – Diga o que mais você vai fazer...

– *Chloe!*

Ouvimos uma voz masculina:

– Perto, mas não muito, minha querida.

Eu me levantei imediatamente, com o coração saindo pela boca e pronto para lutar quando alguém acendeu a luz.

– Meu Deus, George. Nós mandamos você bater na porta! – uma mulher disse.

Corri para esconder a quase nudez da Chloe.

– *Mina?* – disse, estremecendo e praticamente cego pela luz repentina.

Alguém jogou uma camiseta para mim, mas ela sumiu antes que eu pudesse pegar.

– Não se atreva! – George alertou, correndo para ficar na minha frente. – Eu vou pessoalmente bater em quem entregar qualquer

Noiva irresistível

roupa para este homem. E, caramba, Mina. Você disse que ele estaria pelado.

– Ah, foi mal – ela disse, sorrindo. – Esqueci que ele está guardando sua virtude e tentando permanecer puro antes do casamento. Acho que esqueci de mencionar isso. Porém, pela aparência da situação – ela olhou para minha cueca – ele estava prestes a desistir desse plano. É melhor você cobrir isso, Ben. Sua mamãe está chegando.

De repente me dei conta que eu estava de cueca... e *duro*.

– Vão embora! – eu disse, apanhando um travesseiro para me cobrir. Chloe puxou um roupão. Os intrusos estavam vestidos de preto da cabeça aos pés e pareciam um bando de bandidos de desenho animado. Tenho certeza de que se a situação fosse outra, eu acharia hilário.

– Calma, Bennett – minha mãe disse, entrando no quarto com Sara e Julia. – Estamos aqui para levar Chloe.

– *O quê?* Como vocês conseguiram a chave? – eu perguntei.

– Você *não* quer saber, acredite em mim – George disse.

Minha mãe contornou a cama e segurou a mão da Chloe.

– Você conhece a regra, Bennett: o noivo não pode ver a noiva no dia do casamento. E estamos a exatos cinco minutos disso acontecer – ela chegou mais perto de mim e sussurrou: – Eu enviei uma mensagem para você avisando que iríamos invadir o seu quarto para roubá-la.

– *Mãe!* – gritei, perdendo a paciência. – Eu não tenho tempo de ler quinhentas mensagens por dia sobre a calça do papai, o ar condicionado no seu quarto ou o seu prato favorito!

– Humm, alguém se importa com o que *eu* acho? – Chloe perguntou.

– Não – George e Mina responderam ao mesmo tempo.

– Que seja – ela disse, amarrando o roupão. – Vocês têm sorte por eu estar exausta, ou eu chutaria o traseiro de todo mundo. Apenas me arrumem uma cama. Nem quero saber onde. Pode até ser a sua – ela disse, apontando para George.

– Sem chance, princesinha.

Desde quando o mundo se tornou um manicômio?, pensei.

– Sara – eu disse, virando para encará-la. – Como eles convenceram você disso? Você é a mais certinha de todos. Elas vão levar você para o mau caminho, fuja enquanto é tempo...

Ela encolheu os ombros.

– Até que está sendo divertido. Com essa história de castidade nós esperávamos encontrar vocês dois jogando damas ou tricotando. Mas isso foi muito mais engraçado.

– Vocês são todas malucas – eu disse. – Todas vocês. Até você, mãe.

– Dois minutos! – George alertou. As mulheres começaram a correr freneticamente pelo quarto, vasculhando gavetas, armários e malas para encontrar tudo o que precisaria para amanhã. O banheiro foi revirado e todas as coisas da Chloe foram retiradas.

– Ah, para de ser tão preocupado, Bennett. Isso é tradição, e amanhã quando você a vir caminhando até o altar, vai perceber que tudo valeu a pena. Já temos tudo? – minha mãe disse.

Várias vozes confirmaram que sim, tudo estava em ordem para o rapto da minha noiva, e após mais um furacão de atividade na sala de estar, Chloe foi levada de mim sem nem mesmo um beijo de despedida, e o silêncio tomou conta da suíte.

—

Precisei de horas para conseguir dormir. O quarto estava quieto demais, a cama vazia demais, e eu excitado demais. De novo. Minha mão já não era o bastante.

Acordar sozinho é uma droga. É de se pensar que eu estaria acostumado com isso – com nossas agendas cheias, era difícil conciliar nossos horários – mas agora que eu tinha me acostumado a acordar com a Chloe quente e solícita ao *meu lado*, a cama vazia parecia errada, como se uma parte vital de mim estivesse faltando.

Ainda estava escuro lá fora; era cedo o bastante para ainda haver um ar frio e úmido pairando no ar, e os pássaros estavam relativamente quietos. Com a calmaria lá fora, o oceano soava mais alto do que nunca. Eu estava ereto e sozinho, e Chloe estava em algum lugar perto, mas longe demais para poder ser tocada. Meu estômago se revirou e eu fechei os olhos, apanhando um travesseiro para tentar esquecer tudo.

Vai ser um longo dia.

Eu me forcei a me levantar, e fui até o banheiro para tomar banho e me vestir. Nós vamos nos casar hoje. *Casar*. E minha lista de tudo o que precisava ser feito era tão longa quanto as horas que faltavam para o dia terminar.

Havia relógios demais ali. Eu usava um de pulso que a Chloe me deu quando abrimos a filial da RMG em Nova York. Havia um relógio sobre o bar, um sobre a TV e outro ao lado da cama. De quase qualquer lugar na suíte eu conseguia ver quantas horas faltavam até Chloe acordar, até eu poder vê-la de novo, até ela se tornar minha esposa.

—

Will e Max estavam esperando por mim no térreo perto da lareira no saguão, enquanto analisavam um mapa no celular de Max.

– Fica na University – Will dizia,

– Não, não fica – Max argumentou. – Fica na Robinson – ele percebeu minha presença, olhou para minha cara fechada e sacudiu a cabeça. – Bom dia, flor do dia. Pelo jeito você não dormiu muito bem ontem, não é?

Eu revirei meus olhos.

– Você deve saber muito bem, já que a sua namorada grávida invadiu meu quarto ontem.

– Como é? – Will disse.

– Todas as amigas dela, incluindo o George e a minha mãe, sequestraram minha noiva para que eu não a visse antes da cerimônia. Imagino que agora ela esteja amarrada e amordaçada em alguma parte desse hotel enquanto elas a cobrem com rendas e purpurina – nesse momento, percebi o estado do Will: com olheiras, ombros caídos e bocejando sem parar. – O que aconteceu com você?

– Hanna – ele disse, bocejando de novo. – Não sei se é por causa do assédio das tias de Chloe, mas não consegui ter uma noite inteira de sono desde que chegamos.

– Eu odeio vocês dois por isso – eu disse.

– Ainda bem que seu humor está muito bom hoje – Max ironizou.

– Vá se ferrar – eu disse, passando por ele e me dirigindo para o balcão. Max e Will me seguiram.

A recepcionista olhou para nós quando nos aproximamos. Falei meu nome e entreguei minha identidade e cartão de crédito, e esperei enquanto ela preparava o aluguel do carro. Eu tinha reservado uma van para nossa ida até a lavanderia, pois queria ter certeza de que tudo chegaria em perfeitas condições. Apanhei as chaves e finalmente tive uma pequena sensação de estar no controle de ao menos *uma* coisa. Assim é a vida: se você quer algo direito, faça você mesmo.

– Sr. Ryan!

Eu me virei ao escutar o familiar som de saltos batendo no chão de mármore.

Merda.

– Kristin – eu disse. – Estamos de saída.

– As roupas – ela respondeu, olhando para as chaves na minha mão.

– Você tem alguma coisa para me dizer?

– Ah... – ela começou a falar com o sorriso mais forçado que já vi. Meu estômago, instintivamente, deu um nó. – Aconteceu uma coisinha.

Minha respiração começou a acelerar.

– Coisinha? – eu repeti. *Pequeno acidente. Probleminha. Coisinha. Será que ela consegue ser mais irritante do que isso?*

– Uma coisa boba. Insignificante.

– Lá vamos nós... – Will murmurou.

Nós a seguimos até a porta dos fundos, atravessamos o pátio e descemos até o jardim onde já estavam arrumando tudo para o casamento. Ou tentando. Meu sapato afundou na grama molhada no primeiro passo.

– Oh, Deus – lamentei, olhando ao redor. – *Meeeeerda* – a área inteira estava inundada. Cadeiras estavam caídas por toda a parte, os pés das mesas afundavam na lama, trabalhadores se apressavam em pânico.

Noiva irresistível

- Um cano da irrigação quebrou no meio da noite - ela disse cuidadosamente. - Eles conseguiram desligar a água, mas como você pode ver...

- Nossa - Will exclamou, tocando uma poça com a ponta do tênis.

Eu esfreguei o rosto e senti Max apertando meu ombro.

- Ele conseguem arrumar isso - ele disse, percebendo que eu estava a dois segundos de explodir.

- Ah, com certeza - Kristin tentava me tranquilizar, mas eu já não estava mais ouvindo nada do que ela dizia.

Meu celular vibrou em meu bolso e eu entrei em pânico pensando se Chloe já tinha recebido a notícia.

Mas era apenas a minha mãe.

Querido, você sabe se o seu pai trouxe os sapatos pretos? Eu não consigo achá-los aqui no quarto, mas ele jura que colocou na mala.

Guardei o celular no bolso e me virei para Kristin enquanto ela dizia:

- Eles consertaram o encanamento, então vamos nos concentrar em secar a área ou levar tudo mais para frente na praia.

Max se virou para mim, com seu sorriso charmoso no rosto.

- Viu? Não há nada para se preocupar. Vamos pegar as roupas, comer alguma coisa... ou talvez beber alguma coisa, e tudo vai estar resolvido quando voltarmos. E, se não se importa, eu fico com isto - ele agarrou as chaves da minha mão.

- O que você acha que está fazendo?

- Desculpe, Ben, mas acho que é melhor para todo mundo. Você vai acabar passando por cima dos pedestres e isso estragaria ainda mais a festa.

- Eu consigo dirigir com raiva sem matar ninguém, Max. Me entregue a maldita chave.

- Você já se olhou no espelho hoje? Aquela veia está saltando na sua testa - ele disse, tentando tocar em minha testa, mas eu estapeei sua mão.

Will estava rindo atrás de mim, e então eu me virei e o encarei com raiva. Ele ergueu as mãos.

– O Max está certo.

Virei de novo para Max.

– Você nem sabe dirigir direito.

– Claro que sei.

– Nos *Estados Unidos*?

Ele fez um gesto de desdém.

– Faixa da direita, faixa da esquerda. Que diferença faz?

—

Max nos conduziu pelo hotel até o estacionamento. Durante todo o trajeto nós discutimos sobre quem iria dirigir. Enquanto isso, Will parecia um zumbi sonolento nos seguindo.

Um manobrista nos abordou imediatamente, ignorando nossa discussão enquanto checava a etiqueta na chave. Nós o seguimos até uma van branca estacionada debaixo da sombra de algumas palmeiras. Entreguei sua gorjeta e o dispensei quando ele se ofereceu para explicar o caminho.

– Certo, vamos rever nosso plano – Max disse, esperando um segundo antes de virar para trás e bater no ombro do Will, que acordou assustado.

– Você está bem?

– Sim, caramba, estou só um pouco cansado.

– Bom, tome um pouco de café e acorde de vez – Max disse. – Você vai com a gente até a lavanderia, depois você vai pegar um táxi para apanhar as alianças.

– Por acaso você acha que eu sou seu assistente pessoal? Por que o Henry não pode ajudar com isso?

– Porque o Henry fala demais e você é muito mais bonito. E vai saber, talvez a gente precise seduzir algumas atendentes na lavanderia, e quem melhor do que você para ganhar o coração de algumas velhinhas?

Will bocejou, claramente cansado demais para discutir.

– Certo, certo, que seja.

Max deu a volta na van, parando ao lado da porta do passageiro.

– Ben, sua carruagem o espera.

– Vá se foder – eu disse, dando um soco em seu ombro antes de entrar.

Eu podia ouvir sua risada enquanto dava a volta e entrava pelo outro lado.

– Tudo certo aí atrás, William?

– Sim, sim – ele resmungou. – Vocês são dois filhos da mãe, sabiam?

Max colocou as chaves na ignição e o motor ganhou vida. Após sorrir triunfalmente para mim, ele tentou engatar a marcha, mas tudo o que conseguiu foi um horrível som de engrenagens rangendo.

– Ah, isso só pode ser um bom sinal, Max – eu disse, com o tom mais irônico que eu conseguia fazer.

– Pare de ser um pé no saco e relaxa. Está tudo sob controle.

– Estamos vendo.

A van deu um tranco para frente e eu prendi o cinto de segurança dramaticamente. Os pneus cantaram quando viramos a primeira esquina e eu tentei me segurar em qualquer coisa que podia. Will não teve tanta sorte, e o som de seu corpo batendo por toda a parte preencheu o silêncio na van.

– Quando foi a última vez em que você dirigiu um carro? – perguntei, me preparando para outra curva.

Ele franziu a testa e pensou um pouco.

– Em Las Vegas, na sua despedida de solteiro – ele disse, ignorando completamente as buzinas atrás de nós.

– Las Vegas? Eu não me lembro de você dirigindo em Las Vegas.

Ele checou o trajeto em seu celular, passou correndo por um sinal amarelo e quase bateu no carro da frente.

– Eu peguei um carro emprestado quando vocês estavam ocupados.

– Pegou um carro *emprestado*?

– Pois é. Na verdade... era uma limusine, não um carro. Mas isso não importa. Eu cheguei aonde precisava, são e salvo.

– E você não notou nada? Nenhum xingamento? Ou a polícia?

Após várias quase batidas com carros bem menores, chegamos à lavanderia. Max olhou para mim com uma expressão presunçosa.

– Oh, Deus, alguém me tire daqui – Will gemeu. Eu desci e abri a porta de trás, observando Will cambalear para fora e imediatamente correr para vomitar nos arbustos. Aparentemente, eu tinha ganhado aquela discussão.

A lavanderia era pequena e ficava entre um restaurante chinês e uma loja de gibis. Max fez um gesto para eu ir na frente e nós paramos diante da porta, olhando para a placa de neon que dizia *"Satisfação Garantida"*.

– Ironia é o que não falta no seu casamento – Max murmurou.

Graças a Deus as roupas estavam prontas. Nós abrimos cada pacote para ter certeza de que nada estava faltando – seis vestidos, oito ternos – e colocamos tudo na van. Max manteve a promessa que fez à minha mãe e me impediu de ver o vestido de Chloe.

– De jeito nenhum você vai voltar dirigindo – disse para Max quando terminamos de colocar tudo no carro.

– Você ainda está pensando nisso?

– Você não percebeu que dirige muito mal? Depois de *vomitar*, Will estava praticamente beijando o chão de alívio – peguei as chaves de suas mãos.

– E você acha que pode fazer melhor? Até minha avó dirige mais que você, Bennett. E ela tem oitenta anos e sofre de *glaucoma*.

– Desculpe, eu não ouvi o que você disse por causa dos helicópteros da polícia atrás de você – eu disse, depois praguejei quando Max arrancou as chaves da minha mão de novo.

Will entrou no meio e agarrou as chaves.

– Por que vocês dois não calam a boca? Já não basta eu ter que ficar fugindo daquelas malucas, ainda tenho que aguentar vocês dois? Ben, você dirige – ele disse, empurrando as chaves para mim. – Max? Comporte-se e espere a sua vez. Meu táxi já chegou. Vou buscar as alianças e encontro vocês no hotel – ele olhou para nós dois, esperando algum tipo de protesto.

– Certo – eu disse.

– Tá bom, tá bom – Max suspirou.

– Ótimo. Agora, tentem não matar um ao outro no caminho de volta.

—

Digitei o endereço do hotel em meu celular e esperei o trajeto aparecer. Max estava sentado em silêncio ao meu lado.

– Obrigado – eu disse, depois dei a partida. Apesar de discutirmos o tempo inteiro, Max lidou com a situação com sua calma e otimismo de sempre. Eu tinha que admitir que a essa altura eu estaria bêbado e despedindo pessoas que nem eram meus funcionários se ele não tivesse tomado conta da situação.

– Você é um idiota – ele respondeu. Eu sorri e acelerei para fora do estacionamento.

Sábado à tarde em San Diego significava trânsito, muito trânsito. Nós tivemos sorte na ida, mas agora a pista expressa já estava totalmente tomada. Max insistia que eu estava indo na direção errada quando seu celular tocou.

– Fala, Will – ele disse, depois fez uma pausa antes de ligar o viva voz. – Continue.

– Quem de vocês dois estava encarregado de fechar a maldita porta da van?

– O quê? – eu perguntei, depois olhei pelo retrovisor. Claro, uma das portas estava completamente aberta.

– Merda! – então, de repente tudo ficou ainda mais complicado, com carros passando em alta velocidade ao nosso lado e buzinando enquanto eu tentava parar no acostamento. Pelo retrovisor eu vi o vento mexer a alça de um dos pacotes, que ficou balançando como se fosse feito de papel. Max lutou com seu cinto de segurança antes de pular no banco de trás e esticar os braços para salvar o pacote em perigo. Mas era tarde demais. Um solavanco na estrada foi o bastante para o vento puxar o pacote, que voou para fora do carro levando outros, e então quase todos atingiram o asfalto.

Foi um pandemônio. Juro. Fechei um grande caminhão ao virar de repente para a direita e frear até parar no acostamento. Abri minha porta, gritando para o Max quando nós dois descemos, olhando horrorizados os carros passarem voando pela pista expressa com os pacotes entre eles.

– Ali! – gritei, avistando o pacote maior, o que continha o vestido da Chloe, perto da pista do meio.

O táxi do Will freou logo atrás e nós nos dividimos, cada um se movendo em uma direção, correndo e desviando do trânsito para resgatar os pacotes um por um.

Os carros buzinavam ao nosso redor e o ar cheirava a pneu queimado. Meu coração martelava e o sangue pulsava em minha cabeça, e meu único pensamento era salvar o vestido da Chloe. Tentei não pensar no que aconteceria se eu falhasse.

Ignorei os palavrões que ouvia e consegui chegar à faixa do meio. Olhei para o pacote da Chloe, freneticamente analisando o exterior em busca de qualquer dano. Parecia intacto, com exceção de um pequeno rasgo na base.

Voltei para o acostamento e empurrei o pacote para Max.

– Cheque o vestido – eu disse, dobrando os joelhos e enchendo meus pulmões de ar, rezando para que o vestido estivesse inteiro.

– Está tudo certo – Max disse, com um alívio em sua voz. – Está perfeito.

Eu suspirei, também aliviado.

– Graças a Deus. Já pegamos todos os pacotes? – voltei para a van para contar quantos não tinham caído.

Will contou os que estavam em seus braços.

– Tenho quatro aqui.

– Eu tenho seis – Max acrescentou.

– Tem mais quatro dentro da van – eu disse. – Qual é o total mesmo?

– Quatorze. Contando nossos ternos, o do Henry, o do pajem, do seu pai, do pai da Chloe e o do Georde, os vestidos das garotas, da sua mãe e da daminha de honra. Certo? – Wil perguntou, contando em seus dedos.

Eu assenti.

Noiva irresistível

– Vamos embora daqui.

Desta vez, ninguém discutiu sobre quem iria dirigir.

—

Eu sentia como se tivesse corrido uma maratona quando voltamos ao hotel. Entregamos o carro para o manobrista e Kristin já estava nos esperando na calçada, pronta para assumir a partir dali. Ela me assegurou que quase tudo já estava seco e perguntou se eu queria ver como estava indo o resto dos preparativos. Eu recusei, querendo apenas tomar banho, tirar um cochilo e esperar a hora de encontrar Chloe no altar. Olhei para o relógio: faltavam três horas.

Will chegou ao mesmo tempo, pagou o taxista e desceu do carro. Quando olhamos, ele ergueu um pacote no ar.

– As alianças chegaram – Max disse, dando um tapinha em meu ombro. – Agora é oficial, você não concorda?

Eu assenti, aliviado demais até para fazer qualquer piadinha.

– Bom, veja só quem é a única pessoa que não fez besteira hoje... – Will disse um segundo antes de tropeçar na calçada e cair. A sacola voou de suas mãos, as caixas voaram da sacola e, claro, minha aliança recém-polida acabou atingindo a calçada.

Não sei quem foi o primeiro a mergulhar no chão, mas no fim foi o Max quem agarrou meu anel, que agora tinha um amassado na parte de platina. Fiquei irritado, é claro, mas depois do dia que tive, parecia um lembrete perfeito para o resto da minha vida: "Lembra quando você quase destruiu o vestido da sua esposa?" Acho que é melhor sentir esse amassado do que a ira da Chloe nos próximos sessenta anos.

– Não parece tão ruim – Max disse. Ele o colocou em seu dedo e exibiu a mão. – Mal dá para ver.

Nós todos assentimos.

– Sabe o que faria isso desaparecer completamente? – Will perguntou.

– O que, William, o que faria isso desaparecer completamente? – Max ironizou.

– Álcool.

—

Eu não fiquei *completamente* bêbado. Afinal, era o dia do meu casamento. Mas após uns drinques com meus amigos, eu me sentia bem. E estava pronto para fazer esse maldito show continuar.

Foi estranho me arrumar sozinho. Banho, barba, roupa. Tudo na suíte vazia. Para qualquer outro evento, Chloe estaria ao meu lado, alegremente falando sobre qualquer coisa que estivesse em sua mente. Mas para o maior evento de nossas vidas, eu estava me vestindo sozinho. Já tinha usado smokings dezenas de vezes, e nem precisava me olhar tanto no espelho antes de sair. Mas agora, enquanto encarava o meu reflexo, eu não conseguia parar de pensar que a Chloe iria me olhar do outro lado do altar, caminhar até mim e aceitar se casar comigo. Eu queria estar exatamente como ela sempre imaginou que seu marido estaria. Tentei arrumar o cabelo com os dedos e ter certeza de que não tinha deixado de barbear nenhum canto do rosto. Cheguei se não havia qualquer sinal de pasta de dente em minha boca e apertei minhas abotoaduras.

E pela primeira vez na semana, eu enviei uma mensagem para minha mãe, e não o contrário.

Qualquer dúvida que eu tinha sobre a Kristin se dissipou no momento em que saí e vi a cerimônia montada. Fileiras de cadeiras brancas enfeitadas com fitas azuis se estendiam na minha frente e pétalas brancas cobriam o caminho até o altar. Um mar de mesas cheias de cristal e prata e mais laços azuis cobriam a área do jardim. As flores favoritas da Chloe - orquídeas - estavam em toda a parte: vasos, arranjos e decorações. O sol estava começando a se pôr e os convidados já estavam em seus lugares. Tomei um momento para me recompor, apoiando no ombro do Henry enquanto digeria toda a cena.

Kristin acenou mostrando que estava na hora de começar, e eu assenti, vagamente registrando a música serena que tocava, o pôr do sol inacreditável e o *passo incrivelmente gigante* que eu estava prestes a dar. Ofereci meu braço para minha mãe e comecei a conduzi-la até o altar.

– Você perguntou se eles trouxeram...

– Agora não, mãe – murmurei entre os dentes cerrados enquanto sorria para os convidados.

– Você está bem, querido? – ela perguntou quando chegamos ao seu assento e eu beijei seu rosto.

– Quase – eu a beijei mais uma vez e tomei meu lugar no altar, com meu coração subindo pela garganta.

A música principal começou e Sara e Henry foram os primeiros a desfilar pelo corredor. Mesmo de longe, eu podia ver o quanto ela estava absolutamente linda. Seu sorriso era enorme, e parecia estar quase rindo enquanto se aproximava de mim. A primeira coisa que notei foi o suave som de sucção quando seu salto afundava a cada passo no chão encharcado. Respirei fundo, sabendo que poderia ter sido bem pior. E a Sara *estava* rindo. Isso só poderia ser um bom sinal, não é?

A segunda coisa que notei foi a onda de risadinhas que começou nas fileiras de trás e aumentou enquanto Sara e o Henry chegavam mais perto de mim. Olhei para Henry, que parecia mal estar se segurando, e depois olhei para Sara, cerrando meus olhos quando vi o seu corpo inteiro.

Oh

meu

Deus.

Um par de marcas de pneu cruzava seu vestido bem em cima de sua barriga grávida.

Fui tomado por uma onda de pânico quando lembrei dos pacotes caídos na pista expressa enquanto os carros passavam em alta velocidade. Parecia que a Sara tinha sido atropelada por um caminhão. Senti todo o sangue do meu rosto desaparecer.

– Ah, não – eu gemi. Tudo que me importava na hora era o estado do vestido de Chloe. Nem me preocupei em olhar os outros vestidos.

Como se tivesse lido meus pensamentos, Sara sacudiu a cabeça e gesticulou para trás, dizendo com os lábios:

– *Ela está perfeita.*

Fechei os olhos por um momento, tentando me acalmar. *Chloe está bem. Ela não vai andar até o altar querendo me matar. Acalme--se, Bennett.*

A música mudou e eu ouvi o som de trezentas e cinquenta pessoas se levantando. Abri meus olhos ao mesmo tempo em que todos se viravam para trás.

A minha Chloe.

Pela primeira vez em minha vida, tudo pareceu se encaixar e absolutamente nada mais importava. Nada de prazos ou trabalho, apenas *isto*. Meu cérebro – que funcionava com tabelas, datas e com organização de cada detalhe da minha vida e da vida daqueles ao meu redor – se tornou silencioso. Não de um jeito ruim, mas de um jeito que finalmente dizia: *relaxe e preste atenção, pois este momento é maior do que você e do que todas as decisões que você já tomou.*

Chloe estava com o queixo abaixado e com o braço enlaçado ao do seu pai. Na outra mão ela trazia um buquê de orquídeas. O cabelo estava preso para cima. Normalmente, eu já estaria pensando em como desarmá-lo para mergulhar meus dedos e agarrar cada fio, mas naquele momento, tudo que eu conseguia pensar era como gostaria de deixar tudo do jeito que estava. Eu podia ver cada centímetro de seu rosto, e ela estava linda. Eu queria congelar esse momento para que durasse para sempre.

Estava claro que a Chloe, até no último instante, estava tramando algo. Seus olhos estavam fechados e ela parecia concentrada em pensamentos. E também ficou claro o momento quando ela compreendeu tudo. Erguendo a cabeça, seus olhos lentamente se moveram até me encontrarem, e o tempo parou e o mundo desapareceu. Eu podia sentir meu próprio sorriso se abrindo e sendo refletido em seu rosto quando nossos olhos se cruzaram.

Então, fiz a única coisa que podia pensar.

Sussurrei as palavras:

– Venha até aqui.

Sete

Inspire.

Respire.

São apenas trezentas e cinquenta pessoas olhando para você.

É apenas um rio de lama no caminho até o altar.

É apenas uma marca de pneu no vestido da minha madrinha.

É apenas uma cerimônia, é apenas um dia. É apenas o amor da sua vida esperando no altar.

Meu pai me deu o braço e pousou seus dedos sobre os meus.

— Está pronta, minha querida?

Eu engoli em seco, assentindo, e disse:

— Não.

— Por acaso você está pensando melhor sobre casar com esse tal de Benson?

Olhei para ele e ri diante da provocação.

— Não, não estou pensando melhor sobre esse *Benson*. É só que... do jeito que foram os dois últimos dias, estou preocupada que um furacão passe por cima de nós antes de chegarmos até o altar, ou um tsunami, ou um...

— Bom, talvez aconteça um terremoto, talvez aconteça um tsunami. Mas você não pode controlar a natureza mais do que pode controlar quem você ama. Então, vamos fazer esse casamento ou vamos fugir para tomar uns drinques em algum abrigo?

Apertei sua mão e dei um passo à frente, saindo do chão de concreto do pátio para a lama do jardim. Meu sapato afundou na grama e fez um barulho de esponja quando levantei o pé. Ao meu lado, meu pai quase perdeu o equilíbrio.

– Pense que você é uma pena – meu pai sussurrou, e nós dois rimos. – Mais leve do que o ar.

Mas então nós viramos a esquina e eu tive uma visão geral do que vinha pela frente.

Os convidados.

A cerimônia.

O homem que se tornaria meu marido em questão de minutos.

Seus olhos se encontraram com os meus e ele exibiu o maior sorriso que já vi em seu rosto. Por vários segundos, eu não consegui andar. Mal conseguia respirar. A única coisa que eu podia fazer era olhar para o Bennett de pé no altar. Ele vestia um smoking perfeitamente cortado, e um sorriso perfeitamente devastador. Ele parecia estar se sentindo como eu me sentia: extasiado, sobrecarregado, à beira de um colapso.

Vi sua boca sussurrar:

– Venha até aqui.

De repente, senti uma urgência para alcançá-lo. Puxei meu pai, ignorando sua risadinha por causa da minha pressa, ignorando a sucção da lama em meus sapatos, ignorando que eu estava indo mais rápido do que nós ensaiamos e a música não estaria no ponto certo quando eu chegasse ao altar. Nada importava. Eu queria me juntar ao Bennett, apanhar sua mão, apressar os votos e chegar à parte do "Sim" o mais rápido possível.

Eu me abaixei e tirei os sapatos cheios de lama dos meus pés. Jogando-os para o lado, ignorei o barulho que fizeram quando acertaram uma poça, depois levantei a saia do meu vestido acima dos tornozelos. Sorri quando as pessoas começaram a rir e a aplaudir, e puxei meu pai ainda mais rápido, praticamente correndo. Ele me parou no meio do caminho, na fronteira entre o gramado e a areia da praia.

Noiva irresistível

– Isto é a metáfora perfeita – meu pai sussurrou, beijando minha testa. – Eu levei você até a metade do caminho, minha querida; agora, o resto é com você – ele beijou meu rosto e depois me soltou para que eu pudesse correr pelo resto do caminho e me jogar nos braços de Bennett.

Vários flashes disparavam loucamente ao nosso redor, e os convidados gritaram de aprovação quando Bennett me girou no ar, com meu rosto enfiado em seu pescoço e sua boca encostada em meu ombro.

Eu imaginava nossa aparência: nem casados ainda, nos agarrando como se nossas vidas dependessem disso, meus pés descalços enquanto Bennett me girava, as manchas de lama na barra contrastando com o perfeito branco do resto do vestido.

Ele me colocou no chão cuidadosamente e me encarou.

– Oi.

Eu engoli um som que provavelmente era o cruzamento entre um gemido e um choro. Só depois consegui responder:

– Oi também.

Nós não nos víamos desde que fui sequestrada quando estávamos prestes a nos atacar, e eu podia ver em seus olhos: ele queria me beijar. Queria me beijar com tanta vontade que nós dois parecíamos vibrar, olhando para a boca um do outro, lambendo os lábios ao mesmo tempo.

– *Quase lá* – eu sussurrei.

Ele assentiu levemente e nos viramos para o ministro, o ilustríssimo James Marsters, que parecia estar perplexo.

Ele se inclinou e murmurou:

– Nós já terminamos a cerimônia? – seus olhos úmidos pareciam confusos enquanto olhava para suas anotações.

Com a doçura de sua expressão e a perfeita sincronia de sua pergunta, eu mordi meus lábios para não explodir em risos. Bennett me olhava como quem também queria rir, depois se virou para o ministro.

– Não. Desculpe... minha noiva e eu nos empolgamos um pouco – ele aproximou o rosto e completou num sussurro: – E não foi a primeira vez, nem será a última.

– Pelo menos sabemos onde estamos nos metendo – eu disse, e ao meu lado Sara riu. Eu entreguei meu buquê para ela e voltei a encarar Bennett quando ele segurou minhas mãos.

E uma vez que eu estava no altar com ele, eu quis aproveitar cada segundo. O ministro leu seu discurso sobre o amor e o casamento, e eu absorvi cada palavra enquanto ao mesmo tempo me perdia na intensidade da expressão de Bennett.

Enquanto eu recitava meus votos, eu o senti chegar mais perto, com seu calor se espalhando por minha pele.

Quando chegou a vez dele, fiquei observando seus lábios:

Prometo ser seu amante e amigo...

Seu aliado nos conflitos e seu cúmplice nas travessuras...

Seu maior fã e seu maior adversário...

Quando ele disse isso, seus olhos ficaram ainda mais brilhantes e ele passou o polegar pela palma da minha mão; depois, lentamente, Bennett olhou para minha boca e lambeu os lábios.

Cretino.

Então seus olhos se tornaram sombrios e sua voz ainda mais grave quando ele repetiu:

Prometo ser fiel e colocar suas necessidades acima de tudo... Estes são meus votos para você, Chloe, minha única amante e a única pessoa à minha altura em todas as coisas.

De repente, senti meu vestido apertado demais. A brisa do oceano parecia fraca demais.

O ministro se virou para mim e perguntou:

– Chloe, você aceita este homem como seu legítimo esposo? Para sempre amá-lo e respeitá-lo, na alegria e na tristeza, na riqueza e na pobreza, na saúde e na doença?

Na primeira tentativa de soltar as palavras, minha garganta se fechou com a emoção. Finalmente, depois de segundos de contemplação, eu disse:

– Sim.

O ministro se virou e repetiu a pergunta, e sem hesitar, a voz grave de Bennett pronunciou facilmente a palavra que mudaria nossas vidas:

– Sim.

Nós dois nos viramos, eu para Sara, ele para Henry, para apanhar nossas alianças. E enquanto o ministro falava sobre o significado dos anéis e eu deslizava a aliança do Bennett em seu dedo, a única coisa que eu enxergava era o brilho de seu sorriso.

Aquele anel ficava muito bem em seu dedo. Agora, ele era oficialmente *meu*. Se meu rosto não estava tatuado em seu braço, pelo menos a aliança seria um ótimo prêmio de consolação. Passei a ponta do dedo para sentir o frio do metal, mas ele afastou a mão, resistindo ao meu toque e arregalando os olhos bem quando toquei um enorme arranhão na platina.

Puxei a mão para olhar mais de perto. O que era aquilo? Sua aliança estava *amassada*?

Quando olhei para seu rosto novamente, ele estava sacudindo a cabeça.

– Está tudo bem – ele sussurrou.

– Que diabos é isso? – murmurei.

– Mais tarde eu explico.

Senti o fogo em meus olhos e ele mal conseguiu segurar sua risada quando o ministro disse:

– Se existe alguém aqui presente que se opõe a este casamento, por favor, fale agora ou se cale para sempre.

Os convidados ficaram quietos e Bennett e eu olhávamos um para o outro quando a buzina ensurdecedora de um navio quebrou o silêncio. Tapei meus ouvidos e todos se assustaram. Algumas pessoas gritaram. O som era longo, reverberando pela praia até se chocar com o hotel.

– Bom – Bennett disse, sorrindo –, acho que o universo não deixaria de enviar um último alerta para nós.

Com isso, todos começaram a rir e a aplaudir, e com um sorriso enorme, o ministro finalmente declarou:

– Muito bem. Pelo poder investido a mim pelo estado da Califórnia, eu vos declaro *marido* e *mulher*. Chloe, você pode beijar o noivo.

Fiz uma dancinha com essa pequena vitória. Bennett soltou um grunhido de derrota, mas depois aproximou o rosto e eu fiquei na ponta dos pés, descalça e muito menor do que meu marido – *marido* – e então eu o puxei para mim.

Eu não me importava que houvesse pessoas olhando.

Eu não me importava que a expectativa fosse que nos beijássemos rapidamente para mais tarde aproveitar muitos outros beijos longos.

Agora, este homem era meu maldito *marido*, e eu precisava ter certeza de que tudo ainda estava normal entre nós.

Adorei a maneira como seus braços me envolveram tão intensamente que eu quase perdi a respiração. Adorei a pressão firme de sua boca sobre a minha, os lábios abertos, a língua deslizando gentilmente sobre a minha... uma, duas, três vezes, e a última vez foi mais profunda até eu sentir a vibração de seus gemidos e o *sabor* de sua urgência. Sua respiração saía entrecortada, e seus sussurros – *ah, Chloe, precisamos ficar sozinhos* – finalmente fizeram eu me afastar antes que arrancasse suas roupas ali mesmo no altar.

Sem ar e sorrindo como dois idiotas, nós viramos para os convidados, que estavam com as mãos paradas no ar, prontos para aplaudir, mas com uma expressão de choque no rosto.

Aparentemente nós fomos um pouco selvagens demais em nosso primeiro beijo como marido e mulher.

– É isso aí, garota, toma aquilo que é seu! – George gritou, enquanto ao mesmo tempo tia Judith gritava:

– É assim que se beija uma mulher! – com isso, os convidados acordaram e começaram a aplaudir.

– Senhoras e senhores – o ministro gritou sobre a balbúrdia dos aplausos. – É com muito prazer que eu vos apresento Bennett e Chloe Ryan!

Chloe Ryan?

Eu me virei com o olhar mais puro de ódio para Bennett e seu sorriso gigante quando um caos tomou conta de tudo ao nosso redor. Os braços da Sara me envolveram, depois vieram a Julia, o George e a Mina. Senti as mãos do meu pai em meu rosto e seu beijo na minha bochecha. Fui abraçada pelo Elliott e a Susan ao mesmo tempo, erguida pelo Henry e pelo Max, beijada no rosto pelo Will e depois senti a mão macia do Bennett apanhando meu braço e me conduzindo para longe do altar e dos convidados.

Nós começamos a correr, tropeçando pela lama, deixando pegadas por todo o pátio. Lá dentro, Bennett me puxou para a cozinha, onde os funcionários congelaram em seus lugares; os sons da cozinha pararam de repente quando o Bennett me jogou contra uma parede, beijando meu pescoço, queixo, orelha, lábios. Ele correu a mão pelo meu corpo, agarrando um seio sobre o vestido, e eu senti sua ereção se formando contra meu estômago.

– Hoje à noite – ele rosnou, voltando para meu pescoço. – Hoje à noite eu vou consumar este casamento tão forte que você vai andar pelas praias de Fiji mancando.

Eu explodi numa risada, abraçando-o enquanto ele beijava do meu ombro até meu rosto.

– Promete? – eu perguntei.

Ele suspirou e deu um beijo rápido em meus lábios.

— Prometo. Agora, quantas horas eu vou precisar passar bancando o educadinho com nossa família maluca antes que eu possa levar você para o quarto e arrancar o seu vestido?

Olhei sobre seus ombros, procurando por um relógio na cozinha, mas tudo que achei foram vinte pares de olhos arregalados e bocas abertas. Um dos garçons parecia tão surpreso que uma pilha de pratos lentamente deslizou de suas mãos e se espatifou no chão.

Após o som ensurdecer dos pratos se quebrando, a cozinha finalmente voltou ao normal, com pessoas correndo com vassouras e o chefe gritando com todo mundo. Bennett e eu pedimos desculpas, saímos da lá e entramos na varanda, onde podíamos ver os convidados se juntando para os aperitivos no jardim cheio de lama.

Cheguei perto do ouvido do Bennett e disse:

— Nós acabamos de nos casar. Isso significa que você é legalmente meu escravo agora.

Seus longos dedos tocaram meu corpo dos dois lados, fazendo cócegas enquanto subiam para apanhar uma taça de champanhe de uma bandeja e me oferecer. Bennett apanhou uma taça para si mesmo e brindamos.

— A nós, minha esposa.

— A nós.

Ficamos olhando os convidados começando a se posicionar para as fotos e Max acenou para nos juntarmos a eles. Sara se virou, rindo de alguma coisa que o George tinha dito, e então eu pude ver o tamanho do estrago em seu vestido.

Bennett deve ter visto aquilo ao mesmo tempo, pois ouvi quando ele quase engasgou. Ele tomou minha mão e me conduziu até a área onde o fotógrafo havia montado seu equipamento.

— Sobre aquilo... — comecei.

— Pois é — ele disse, com um pouco de tristeza em sua voz. — Sobre aquilo.

Noiva irresistível

– Que diabos aconteceu, Sr. Mills?

Ele deslizou os olhos sobre mim ao me ouvir usar meu sobrenome daquela forma e disse:

– Aparentemente, a porta da van estava aberta quando saímos da lavanderia – ele sorriu para os convidados perdidos que passaram ao nosso lado e me conduziu por um caminho mais vazio até o fotógrafo. – E antes que você pergunte, Will tropeçou e derrubou meu anel no estacionamento. Estou prestes a jogar você num banheiro e forçar sua boquinha no meu pau, então se ficar irritada comigo por causa dos vestidos, do anel ou do jardim encharcado, você vai apenas me convencer de que precisa de um pau na boca, e também vai estragar toda a agenda do resto do casamento: fotos, dança, comida, bolo, sexo. Então, tome cuidado com o que fala, Sra. Ryan.

Quando voltamos para a festa, a música pulsava nos grandes alto-falantes na varanda e eu me sentia animada, bêbada, completamente *feliz* por causa deste dia e do homem ao meu lado. Ele não soltava minha mão para nada, mas mesmo se tentasse, eu não deixaria. Eu estava adorando a pressão de sua aliança (amassada) entre os meus dedos, e a maneira como ele ficava levantando minha mão para beijá-la, mas na verdade queria apenas ter certeza de que o anel estava mesmo lá.

Andamos ao redor e passamos as próximas duas horas cumprimentando a todos e nos perdendo em conversas banais. Os convidados comiam os aperitivos, e todos estavam começando a se embebedar e a se divertir um pouco demais. Para falar a verdade, não era fácil lidar com toda aquela gente. Quando o jantar foi servido, a multidão se agitou ainda mais e a cada dez minutos alguém batia com a faca numa taça de champanhe tentando propor um brinde apenas para que Bennett me beijasse.

A cada vez, o beijo se tornava um pouco mais safado até eu achar que ele iria me jogar na mesa e me comer ali mesmo. Mas quando a Kristin nos disse que a banda logo chamaria a primeira dança, e uma sinfonia de facas em taças de champanhe continuou tocando, Bennett simplesmente chegou perto do meu ouvido e sussurrou:

— Se você enfiar sua língua na minha boca de novo, vou sequestrar você e usar a primeira cama que eu encontrar, Sra. Ryan.

— Bom, então vou só beijá-lo inocentemente, Sr. Mills. Pois quero provar o bolo.

Seus olhos se fecharam e ele chegou ainda mais perto, gentilmente beijando meus lábios. Como ele conseguia ser doce e dominador ao mesmo tempo?

Andamos até o centro da pista de dança em meio ao silêncio de expectativa de todos. As primeiras notas da música soaram e Bennett exibiu um sorriso diabólico antes de me puxar com as duas mãos e agarrar minha bunda. O salão explodiu em aplausos e eu olhei para ele, sacudindo minha cabeça como se aquilo tivesse me irritado.

Mas é claro que não era verdade. Eu tinha adorado.

Descalça, eu era muito mais baixa do que ele e odiava não poder encará-lo no mesmo nível, mesmo dançando em nosso casamento. Fiquei na ponta dos pés e me entreguei aos seus braços, e após pouco mais de meio minuto, eu o senti agarrar minha cintura e me erguer para que ficássemos cara a cara, com meus pés pendurados acima do chão.

— Melhor assim? — ele perguntou, com a voz áspera.

— Muito — agarrei seus cabelos e beijei sua boca.

Os flashes dispararam ao nosso redor e eu podia imaginar centenas de fotos do Bennett me abraçando, girando meu corpo lentamente e meus pés sujos contando para todos no futuro o tipo de casamento que tivemos: o casamento perfeito.

A música acabou, mas Bennett demorou vários segundos antes de me colocar no chão.

— Eu te amo — ele disse, vasculhando meu rosto até chegar aos meus lábios.

— Eu também te amo.

— Nossa. Você é minha *esposa*.

Rindo, eu disse:

— Estamos casados. Isso é *insano*. Quem deixou isso acontecer?

Ele não sorriu nem um pouco. Ao invés disso, seu olhar se tornou denso e sua voz ficou ainda mais grave.

— Não vejo a hora de *violar* você até dizer chega.

Toda a superfície do meu corpo se esquentou e se arrepiou.

Ele me soltou, deixando meu corpo deslizar até o chão, gemendo baixinho quando minha cintura raspou a extensão de seu pau que já estava semiereto.

— Eu pretendia violar você agora — ele disse. — Mas minha esposa quer provar o *bolo*.

Nós nos separamos quando outra música começou e eu senti a mão do meu pai tocar minhas costas. Bennett se virou, tomando sua mãe nos braços. Enquanto dançávamos com nossos pais, nossos olhos se cruzavam e sorríamos um para o outro. Eu quis fechar meus olhos e soltar o grito mais feliz da minha vida.

— Sua mãe teria adorado o dia de hoje — meu pai disse, beijando meu rosto.

Eu concordei, sorrindo. Eu ainda sentia muita saudade de minha mãe. Ela nunca foi o tipo de mãe divertida, ou a mãe que sempre andava na moda; ela era a mãe doce, aquela que sempre abraçava, aquela que sempre protegia. Ela teria odiado o Bennett no começo, e essa ideia me fez rir um pouco. Minha mãe teria pensado que ele era um idiota e que eu poderia encontrar alguém muito mais agradável, bondoso, mais acessível emocionalmente. Mas depois ela o veria olhando para mim num momento de distração, passando a ponta do dedo da minha testa até meu queixo, ou beijando minha mão quando achava que ninguém estava olhando, e então ela perceberia que eu tinha encontrado o único homem, com exceção do meu pai, que me ama mais do que qualquer coisa neste planeta.

Flagrar o Bennett nesses momentos íntimos foi o que fez meu pai mudar de ideia em relação a ele. Após nossa desastrosa visita no natal, na qual meu pai pegou pesado com ele e acabou nos flagrando enquanto eu o cavalgava como uma vaqueira, meu pai foi nos visitar em Nova York por uma semana. Bennett, claro, passou os primeiros dias trabalhando como um maluco, e meu pai resmungava sem parar sobre como um homem deveria servir sua família não apenas com trabalho, mas também com sua presença.

Mas então, numa certa noite, quando Bennett havia chegado muito depois da meia-noite e meu pai se levantou para tomar um copo d'água, ele nos encontrou no sofá, com minha cabeça sobre o colo de Bennett enquanto ele gentilmente acariciava meus cabelos e me ouvia descrever todos os detalhes do meu dia. Bennett estava exausto, mas, como sempre, insistiu que eu passasse um tempo com ele, fosse a hora que fosse. Meu pai admitiu no dia seguinte que ficou nos olhando, admirado, por mais de cinco minutos antes de lembrar que queria tomar água.

Percebi no meio da dança que meu pai olhava para Bennett sobre meu ombro, depois ouvi a risada grave do meu marido – aquela risada que surgia do fundo de sua barriga e terminava com o som mais feliz e silencioso que ele conseguia fazer.

– O que vocês dois estão aprontando? – perguntei, afastando meu rosto para encarar seus olhos.

– Estou apenas dando um conselho não verbal para meu novo filho.

Dei um olhar de alerta para meu pai e depois olhei para Bennett. Meu pai parecia estar se divertindo.

– Pergunte ao seu marido depois o que foi isso.

Depois de um último beijo e um abraço do meu pai, Bennett ficou ao meu lado e sussurrou:

– Seu pai acabou de indicar que deseja cinco netos.

Meu gemido de horror foi sufocado pelo som dos alto-falantes, indicando aos convidados que a verdadeira festa estava começando. As pessoas correram para a pista de dança e nós aproveitamos a oportunidade para beber um pouco de água. Will passou por nós, com minhas duas tias ao seu lado.

Elas agarravam seus braços e nós o ouvimos gritar:

– Hanna, pelo amor de Deus, onde você está?

Do outro lado do salão ela baixou seu drinque, levantou a mão mostrando a linda aliança de noivado e disse:

– Então é isso o que este anel significa? Que eu preciso te resgatar sempre que você chamar?

Ele assentiu fervorosamente, gritando:

– Sim!

Finalmente, após olhar por vários momentos para o pobre rapaz, Hanna andou até ele e o soltou dos braços das minhas tias, que por sua vez riram sem parar. Eu sorri e me virei para Bennett.

– Podemos ir embora agora? – ele perguntou, com os olhos vidrados na minha boca.

Eu sabia que a festa provavelmente continuaria por pelo menos duas horas, mas agora tudo o que eu queria era subir para nosso quarto e tirar esse *smoking* do meu marido.

– Mais uma hora – eu disse, puxando a manga de seu casaco para olhar em seu relógio. Eram apenas oito e meia da noite. – Apenas mais uma hora, e então eu serei toda sua.

Após o que acabou sendo três horas – três horas de dança e brindes bêbados, três horas do Max e Will carregando Bennett até o bar para uma "última saideira", três horas de pura celebração – Bennett chegou por trás de mim no bar onde eu estava conversando com Henry e Mina, e deslizou os braços ao redor da minha cintura.

– *Agora* – ele sussurrou, beijando minha orelha.

Eu me recostei nele, sorrindo para meus cunhados.

– Acho que chegou a minha hora.

Nada de pétalas de rosas, nem grãos de arroz em nossa partida. Will e Henry pegaram guardanapos e jogaram sobre nós enquanto nos despedíamos de todos.

– Boa noite! Obrigada por terem vindo! – eu disse por cima da onda de gritinhos e assovios.

Bennett me puxou, acenando sobre seu ombro.

– Vamos logo.

– Foi muito bom ver todos vocês – eu gritei, ainda acenando para nossas famílias e amigos.

Ele praticamente me arrastou antes de me levantar do chão e me colocar sobre o ombro. A aprovação de nossos convidados veio com uma onda de aplausos e mais guardanapos voando sobre nós.

Ele me carregou até o saguão e depois me desceu por seu corpo, beijando meu pescoço, queixo, lábios.

– Está pronta?

Eu assenti.

– Pronta demais.

Mas quando eu me virei para os elevadores, ele me parou, agarrando meu braço com sua grande mão. E então, sua outra mão puxou uma venda de seu bolso.

– O que...? – eu perguntei, com um sorriso desconfiado se espalhando em meu rosto. – O que você está fazendo com isso aqui no *saguão*?

– Agora sou eu quem vai te sequestrar.

— Mas nós temos um quarto lá em cima — reclamei com a voz baixa. — Com uma cama enorme e várias gravatas que você pode usar para me amarrar — baixei ainda mais o tom de voz — e o frasco de lubrificante na gaveta.

Ele riu, aproximando o rosto e beijando meu queixo.

— Também temos uma mala na limusine cheia com minhas gravatas, lubrificante e outras coisinhas.

— Que outras coisinhas?

— Confie em mim.

— Para onde vamos? — eu perguntei, quase tropeçando quando ele puxou minha mão para me fazer andar.

— Confie em mim.

— Por acaso vamos entrar em um avião?

Ele deu um tapa em minha bunda e rosnou:

— Já falei para *confiar em mim*.

— Eu vou ter orgasmos ainda hoje?

Ele me puxou para junto de seu corpo e disse, olhando em meus olhos:

— Esse é o objetivo. Agora, cale a boca.

Oito

Bennett me ajudou a entrar na limusine, depois colocou a venda sobre meus olhos, amarrando com firmeza um nó atrás da minha cabeça. Era uma venda grande e *apertada*; o cretino sabia que eu tentaria olhar, por isso ela cobria quase meu rosto inteiro. Eu estava completamente no escuro.

Mas eu senti quando ele chegou mais perto de mim, e senti seu cheiro quando ele beijou meu pescoço.

– Você vai me comer aqui no carro? – perguntei, procurando por ele com as mãos. Encontrei seu braço e o puxei para mim.

Sua risada reverberou por meu corpo, de um lado a outro, e eu senti sua mão agarrando a barra do meu vestido e lentamente subindo por minhas pernas.

Seus dedos rasparam meu joelho, passaram pela parte interna da minha coxa e chegaram ao tecido frágil da calcinha que mal cobria meu sexo. Ele deslizou a ponta dos dedos para debaixo da renda, sentindo minha pele já molhada esperando pelo prato principal.

– Oh, Chloe – colocando a calcinha de lado, Bennett deslizou dois dedos dentro de mim, penetrando fundo. – Não estou me sentindo muito gentil hoje.

Jogando minha cabeça para trás, eu melhorei o acesso de sua boca à parte mais vulnerável de meu pescoço e sussurrei:

– Ótimo. Não quero você muito devagar e bondoso.

– Mas é nossa noite de núpcias – ele argumentou com uma sinceridade fingida. – Você não acha que eu deveria deitar você gentilmente em nossa cama macia e fazer amor até o sol raiar?

Eu agarrei sua mão e a pressionei com mais força em mim.

– Você pode fazer isso depois que eu estiver toda marcada e dolorida.

Sua risada foi muito sombria, mostrando o quanto ele estava se segurando, e isso provocou um arrepio em minhas costas. Senti sua respiração em minha orelha quando ele perguntou:

– Então, eu tenho sua permissão para ser bruto?

Confirmei, sentindo minha garganta repentinamente seca.

– Tem até meu incentivo.

– E quem sabe um pouco mais safado do que o normal? O que acha disso? – quando eu respondi com um aceno de cabeça, ele rosnou: – Responda com *palavras*.

Soltei minha respiração tensa.

– Eu quero você safado. Quero você selvagem e impaciente. Pois é assim que me sinto agora.

Ele girou o pulso e enfiou um terceiro dedo em mim, tão fundo que pude sentir o frio da aliança contra minha pele. Soltei um grito com a sensação fria do metal e de ser esticada daquela maneira. Seu polegar circulava ao redor do meu clitóris, provocando sem tocar onde eu realmente queria. O som do trânsito lá fora aumentou, depois diminuiu até acabar de vez.

– Estamos saindo de Coronado?

– Sim.

– Por acaso vamos entrar em um avião? – eu perguntei de novo.

– Você não está gostando da minha mão? – havia uma irritação em sua voz.

– ... o quê? – eu perguntei, confusa.

– Você está distraída com o trânsito em vez de se concentrar nos três dedos com que estou *fodendo* você agora.

– Eu...?

Ele retirou a mão e agarrou meus ombros, puxando meu corpo até fazer eu me ajoelhar no chão do carro. Bennett se ajeitou para me puxar mais perto, então percebi que ele queria me colocar entre suas pernas. O som de seu cinto, o zíper e a calça abrindo cortou o silêncio ao nosso redor.

– Venha aqui – ele disse, quase sem fôlego, agarrando minha cabeça. – Agora, *chupa*.

Apesar da única palavra bruta, seu toque era cuidadoso quando comecei a envolvê-lo com a boca, como se estivesse incerto sobre como deveria misturar seu desejo acumulado como nosso recente casamento. Nós já havíamos conversado por muitas horas sobre como as coisas seriam neste exato momento – nós dois finalmente sozinhos, casados, encarando o fato de que as coisas poderiam mudar – mas agora que era real, eu podia sentir que Bennett estava um pouco dividido.

Lembro quando dissemos que *de jeito nenhum* iria ser diferente: eram apenas dois anéis e um pedaço de papel.

Dissemos que nunca deixaríamos de irritar um ao outro de propósito, nem começar a nos ofender facilmente.

Havíamos prometido que, dentro do quarto, tudo sempre seria permitido. Juramos que nunca nos conteríamos, nem teríamos medo de pedir por qualquer coisa que quiséssemos.

Mas enquanto eu usava meus lábios para dar prazer a ele, eu podia sentir que os punhos de Bennett estavam fechados ao seu lado, e não agarrando meus cabelos, como de costume. Seus quadris estavam encostados firmemente no banco, ao invés de impulsionando seu pau em minha boca.

Então eu fiz a primeira coisa que pensei: com um estalo, tirei minha boca de seu pau e me afastei.

Sua respiração saía em rápidas rajadas de ar, mas com exceção do barulho da estrada, o carro caiu num silêncio mortal.

Finalmente, sua voz quebrou o silêncio num rosnado controlado:

– O que foi?

O que foi? Que jeito comportado de falar, Bennett, pensei.

Nesse momento, odiei não ver seu rosto habitual, mas então percebi que ele tinha entendido meu argumento silencioso.

– Por que *diabos* você parou?

Ah, sim, bem melhor.

– Você sabe por quê.

Mãos fortes me empurraram até minha bunda atingir o chão e minhas costas atingirem o banco da frente. Um dos joelhos de Bennett se apoiou no banco ao lado da minha cabeça e, sem dizer uma palavra, ele pressionou a ponta da ereção em meus lábios, forçando minha boca a abrir.

– *Chupa* – ele disse, e desta vez a palavra estava cheia de fúria e desejo. Eu mal tive tempo de me ajustar e logo senti sua mão agarrando meus cabelos para me segurar no lugar enquanto ele penetrava minha boca com golpes rápidos, não muito profundos, ao menos não ainda. E então, as mãos soltaram meus cabelos para segurar meu rosto no lugar quando chegou a vez das investidas longas e fortes.

A limusine parou e Bennett socou o botão do intercomunicador, dizendo "espere aqui" antes de voltar para meu rosto, gemendo com sua voz grave.

Seu rosnado acendeu minha luxúria, então eu agarrei sua cintura e comecei a gemer baixinho, como se estivesse reclamando, enquanto ele forçava cada vez mais rápido e eu sentia sua bunda se contraindo com minhas mãos.

Eu não conseguia enxergar nada, mas a cada vez que ele se movia e eu sentia seus pelos macios em meu rosto, eu queria chupá-lo mais forte para dar o máximo de prazer que eu conseguia. Eu estava desesperada para fazer isso.

– É bom demais – ele disse, com a voz áspera, e seus movimentos diziam que ele estava quase gozando. – Sua boca é perfeita. Sua língua é perfeita.

Deslizei a mão por ele, segurei a base do seu pau e comecei a provocá-lo.

— Sim — ele sussurrou.

Com um último impulso, ele gozou, despejando seu orgasmo em minha garganta. Bennett urrou enquanto eu o engolia, diminuindo os movimentos até que apenas a ponta da ereção ficou sobre minha língua. Levantei minha cabeça em sua direção quando ele se retirou e senti a carícia de seu polegar em meu lábio inferior.

Sem dizer nenhuma palavra, ele ajustou a venda em meus olhos antes de se abaixar e me beijar profundamente, deslizando sua língua contra a minha.

— Diga que você gosta do meu sabor — ele sussurrou.

— Eu *amo* o seu sabor.

Então, ele puxou meu vestido para cima, movendo a mão entre minhas pernas e debaixo da minha calcinha, como se quisesse confirmar que eu estava dizendo a verdade.

— E eu *amo* a sua boca — ele se inclinou para frente, rindo contra meus lábios. — E amo foder essa boca.

Seu toque estava mais gentil agora, explorando em vez de dar prazer. Ele grunhiu baixo, afastando as mãos de mim, e eu ouvi o farfalhar do tecido quando ele subiu a calça e ajeitou suas roupas.

Tomando minha mão, ele murmurou:

— Vamos, Sra. Ryan. Já chegamos.

Definitivamente, estávamos em um hotel. Eu sabia por causa do barulho de elevadores e de malas rolando pelo chão. Eu podia ouvir as vozes diminuindo quando passávamos e fiquei imaginando a cena: Bennett carregando uma noiva descalça e vendada junto de uma mala cheia de sabe-se-lá-o-quê sobre o ombro.

— Estamos num hotel?

— Shh — ele sussurrou. — Estamos quase chegando.

Ele me carregava como se eu não pesasse nada, com passos firmes e decididos. Pressionei meus lábios em seu pescoço e perguntei:

— As pessoas estão olhando para nós?

Ele virou a cabeça, rindo discretamente em meu ouvido.

— Com certeza.

Assim que entramos no elevador, eu senti o cheiro familiar. Será possível que estávamos de volta ao Del Coronado e ele estava apenas tentando me despistar? Mas por que faria isso?

Subimos em silêncio e eu me ajeitei em seu colo, tentando contar os andares. Sua mão esquerda apertou debaixo dos meus joelhos tentando me tranquilizar.

— Você está bem? — ele perguntou.

Eu confirmei ao mesmo tempo em que as portas do elevador se abriram, mas Bennett não se mexeu. Percebi que havia mais alguém conosco ali. Imaginei o que essa pessoa deve ter pensado ao nos ver, sabendo que claramente estávamos nos dirigindo para nossa noite de núpcias.

Quando chegamos a outro andar, Bennett saiu e me carregou por um longo corredor.

— Eu quero você dentro de mim — disse, com meus lábios grudados na pele quente de seu pescoço.

— Em breve.

— Você vai me fazer esperar?

— Quero só chegar logo e tirar a sua roupa. O resto é fácil de prever.

Algo sobre sua maneira de andar e a posição do corpo me parecia familiar. E então, eu me lembrei.

É claro.

É claro.

Ele parou e se abaixou para tirar uma chave do bolso, depois abriu a porta.

Eu nem precisava tirar a venda para saber.

Cuidadosamente, ele me colocou no chão e eu libertei meus olhos. Sim. Era o quarto em que tínhamos ficado no hotel W há dois anos – exatamente o mesmo quarto. O mesmo sofá, a mesma cama, a mesma varanda, a mesma cozinha. A única diferença era que a escrivaninha não estava mais quebrada.

Era o quarto onde descobrimos pela primeira vez que eu era dele, e ele era meu.

Eu podia sentir Bennett me olhando, analisando minha reação, mas eu estava tão emocionada que me sentia um pouco entorpecida; era como se meu cérebro estivesse se desligando depois de tudo que passamos durante a semana inteira.

Ele se encostou ao meu lado e beijou meu pescoço.

– Você está bem?

– Sim.

– Nós nunca perdemos o que encontramos neste quarto – ele disse, abaixando-se e beijando meu ombro. – Na verdade, nós transformamos isso na relação de amor e ódio mais feliz de todos os tempos.

– É verdade – eu me virei para encarar seu rosto, imaginando se aquele seria o momento em que ele finalmente arrancaria meu vestido e me jogaria no chão para me comer com toda a vontade deste mundo.

Mas seus olhos estavam focados, cuidadosos. Ele deu um passo para frente e beijou meu queixo.

– Adoro seu cheiro.

– O que está acontecendo? Pensei que você seria rude.

– Foder a sua boca ajudou a me aliviar um pouco.

Eu fechei meus olhos, deixando memórias tomarem meus pensamentos:

– *Eu nunca fiz nada parecido com isto e não sei com agir .*

– *Eu já falei. Não fiquei com mais nenhuma mulher desde que começamos com isto.*

– Isso não significa que você não aceita uma chave de quarto se uma mulher oferecer.

– Vamos fazer uma trégua por uma noite. Eu apenas preciso de uma noite – ele implorou e me deu três beijos desesperados.

Abri meus olhos.

– Quanto da nossa primeira noite aqui nós vamos recriar?

Ele encolheu os ombros, e quando sorriu, sua expressão se tornou tão jovial, quase inocente.

– Acho que podemos pular a briga no banheiro, mas eu definitivamente espero que você me acorde com sua boca no meu pau – ele chegou mais perto, beijando meu rosto uma vez e depois se afastando para me estudar. – É sério, Chloe, apenas quero você sem esse vestido. Sinto como se nossas peles não se tocassem por meses.

Eu assenti sem dizer nada, sobrecarregada de emoções e respirando aliviada quando suas grandes mãos deslizaram por minhas costas, desabotoando e abrindo meu vestido, segurando-o apenas o suficiente para que eu pudesse pisar por sobre a saia. Eu me virei para encará-lo, vestindo apenas um pequeno sutiã tomara-que-caia e a menor calcinha que já usei em minha vida.

Sem dizer nada, ele agarrou a calcinha imediatamente e a rasgou como se sua vida dependesse disso. Depois agarrou o sutiã, e o despedaçou com igual selvageria. Por reflexo, cruzei meus braços sobre meu corpo, sentindo meu coração martelar como nunca.

– Você queria usar outras coisas para mim hoje? – ele perguntou, acenando com a cabeça para a mala que ele havia deixado na entrada.

– Sim...

Ele já estava sacudindo a cabeça.

– Você não vai precisar de nada. Talvez amanhã de manhã, mas não agora.

Bennett beijou meu ombro, passando suas mãos impacientes sobre meus seios, minha cintura, minhas coxas.

— Tire minhas roupas.

De repente, parecia surreal estar na frente dele dessa maneira. Ele já tinha me visto nua centenas de vezes, e Deus sabe que já tinha sido assim dominador comigo ainda mais vezes. Mas aquele momento parecia tão *carregado*. Não era o sexo por instinto de todas as noites. Era Bennett tirando minhas roupas e exigindo que eu tirasse as dele para que pudéssemos ter *Sexo no Matrimônio*, numa *Cama Chique*, num *Quarto Emocionalmente Relevante*.

As palavras *noite de núpcias* martelavam em minha mente. Talvez seja exatamente isso o que ele estava sentindo na limusine: a pressão para que fosse inesquecível.

Tentei ignorar a tremedeira em minha mão quando puxei sua gravata, mas ele percebeu e agarrou meus dois pulsos com apenas uma mão. A outra desceu por minha barriga até chegar ao meu sexo, onde me abriu e deslizou um longo dedo sobre o clitóris.

— Por que você está *tremendo*, Sra. Ryan?

Com uma pontada de irritação, eu mordi seu lábio inferior quando ele chegou mais perto para me beijar. Mas depois fechei os olhos, desfrutando por alguns momentos a maneira como ele acariciava meu sexo, até que parou, pacientemente esperando minha resposta.

— Estou um pouco nervosa, *Sr. Mills* – admiti.

Seus olhos se arregalaram e ele soltou meus pulsos.

— Você? *Você* está nervosa? – ele parecia prestes a gritar ou rir, uma das duas coisas. – Você está nervosa *comigo*?

Encolhendo os ombros, eu disse:

— É só que...

— Você está *nervosa*? – seu tom de voz mudou desta vez. Ele definitivamente estava prestes a rir.

Retirei suas abotoaduras, deixando-as cair no carpete aos nossos pés.

— Você está tirando sarro de mim?

Ele sacudiu a cabeça lentamente enquanto dava um sorriso malicioso.

– Sim.

Eu puxei a abertura de suas camisas e os botões caíram um a um no chão.

– Você está tirando sarro da sua noiva na sua *noite de núpcias*?

Sua expressão voltou a ficar séria quando passei meu dedo faminto por seu peito.

– É claro que sim.

– Que tipo de monstro é você? – provoquei, arranhando de leve seu estômago.

Sua resposta veio num sorriso que levantou metade de sua boca perfeita.

– O tipo que vai comer você tão forte que mal vai se aguentar de pé amanhã.

Eu ri, dando um soco brincalhão em sua barriga, e Bennett tentou conter seu sorriso antes de se abaixar e de me beijar apaixonadamente, enfiando a língua em minha boca, chupando, mordendo meus lábios.

– Vamos lá, Chloe. Nós dois sabemos que eu sou muito fácil de agradar – ele murmurou. – Cuide do meu pau e a noite será um sucesso.

Corri minhas mãos por seu abdômen, sentindo a rigidez de cada curva, e estremeci quando ele chupou meu queixo, rosnando em meu pescoço. Eu o abracei, amando a sensação de suas mãos famintas nas minhas costas, agarrando minha bunda.

– Supere logo esse seu nervosismo ridículo e *tire* as minhas roupas – ele insistiu, chutando os sapatos e abaixando para tirar as meias.

Dei um puxão impaciente em seu zíper e abaixei sua calça e sua cueca até o chão. Com suas mãos em minha cintura, Bennett me empurrou contra a cama. Então, ajoelhou-se diante de mim, inclinou-se para frente e beijou meu umbigo. Sua aliança de casamento brilhava sob a luz fraca do banheiro.

— Estamos casados — ele sussurrou, repetindo o beijo. — Eu sou seu porto seguro. Sempre fui seu porto seguro.

Passei minhas mãos em seus cabelos, puxando-os gentilmente e sabendo que ele estava certo. Este homem me aturou no meu melhor e no meu pior momento, e seu amor por mim apenas cresceu durante o tempo em que estivemos juntos. Nenhum outro lugar era tão seguro para mim quanto estar ao seu lado.

Ele moveu sua boca de um lado até o outro da minha cintura, subiu pelas costelas, passou a língua em meus seios, mordeu gentilmente meus mamilos. E então, Bennett se levantou e beijou meu pescoço até se agigantar na minha frente, com a franja caindo sobre seus olhos sombrios e predatórios.

— Quantas vezes já ficamos juntos deste jeito?

Encolhi os ombros.

— Um milhão?

— Você ainda está nervosa? — ele perguntou num tom de voz baixo, erguendo minha mão esquerda e beijando minha aliança.

Observei sua língua aparecer e lamber meu dedo. Eu respondi num sussurro:

— Não mais.

Sua expressão se tornou mais séria.

— Você está feliz por termos feito isso?

Assentindo, respondi quase sem voz:

— Sinto que estou flutuando — ele se abaixou e me beijou, e eu acrescentei diante de seu sorriso: — Acho que você é a melhor coisa que já aconteceu na minha vida.

— Você acha? — Bennett segurou meu rosto com as duas mãos, deslizando o polegar para dentro da minha boca. Seus lábios se abriram em um sorriso sombrio e provocador. — Você *acha*?

Eu confirmei e mordi seu dedo.

– *Chupa* – ele rosnou, depois estremeceu quando eu o envolvi com os lábios e contornei o polegar com minha língua.

Ele estava tão duro que seu corpo inteiro estava tenso e suas mãos tremiam em meu rosto.

– Olhe para mim.

Eu parecia incapaz de tirar os olhos de sua ereção.

– *Olhe para mim* – ele repetiu.

Meus olhos acordaram e dispararam para seu rosto. Bennett deslizou o polegar mais fundo em minha boca, pressionando minha língua. Ele gemeu baixinho quando lentamente retirou o dedo; eu apertei meus dentes para raspar sua pele enquanto saía.

Um calmo silêncio recaiu sobre nós. A expressão de Bennett se tornou séria e ele simplesmente ficou analisando cada parte do meu rosto enquanto acariciava meu lábio com o polegar molhado.

– Casados – ele sussurrou, como se estivesse apenas falando para si mesmo.

Eu amava seus olhos castanhos, tão expressivos e honestos, e seu queixo esculpido com teimosia. Amava os cabelos desarrumados e o jeito como o pomo de adão ficava quando ele engolia. Amava o peitoral largo, os braços definidos e os dedos mais safados do mundo. Amava o abdômen, os quadris e a extensão muito rígida e longa que se pressionava urgentemente entre nós.

Porém, mais do que tudo isso, eu amava sua inteligência, sua postura, sua lealdade, seu senso de humor. E eu amava o quanto ele me amava.

Inclinando a cabeça, ele perguntou:

– O que você está pensando, Sra. Ryan?

– Estou pensando que esse seu corpo magnífico é perfeito para compensar seu cérebro decepcionante.

Ele agarrou minha cintura e me ergueu, jogando meu corpo no colchão.

– Se você acha que eu vou tolerar suas piadinhas agora que estamos casados... – ele começou, subindo na cama e pairando sobre mim.

– Então eu estou certa? – completei, abraçando seu pescoço.

Ele me beijou, depois sorriu com o canto da boca.

– É, na verdade, está sim.

Quando ficava sozinha com Bennett, frequentemente tinha uma sensação de que o tempo *derretia* e o mundo lá fora simplesmente desaparecia. Estava nervosa com a expectativa desta noite, mas assim que seu peso pousou sobre meu corpo – e sua boca cobriu meu pescoço de beijos, meus ombros, meus seios – o instinto tomou conta de mim. Passei minhas mãos em suas costas e ombros e quase perdi o fôlego quando ele voltou a beijar minha boca, encostando nossas línguas de um jeito dominador e exigente. Os sons de sua excitação vibravam por minha garganta enquanto ele se tornava cada vez mais agitado, precisando beijar e saborear tudo ao mesmo tempo.

Eu suspeitava de que conhecia este homem mais do que conhecia minha própria mente. Eu sabia como tocá-lo, como amá-lo, como levá-lo a fazer qualquer coisa que eu quisesse com meu corpo. E então, quando suas mãos abriram minhas coxas, os polegares circularam meu clitóris e os olhos focaram meu rosto quando seus lábios tomaram um mamilo – estudando, dominando, faminto por prazer – eu fiquei livre de qualquer sensação de ansiedade e entendi que para sempre seríamos esta combinação febril de Bennett e Chloe. O Sr. Ryan e a Srta. Mills. Sr. Mills e Sra. Ryan. Marido e mulher. Cretino e cretina.

Ajoelhando-se entre minhas pernas, suas mãos pegaram meus quadris e ele deslizou seu pau sobre minha pele molhada até pousar a ponta da ereção em meu umbigo. Eu podia sentir meu pulso martelando em minha garganta, e então ergui os quadris, repentinamente sentindo uma impaciência, querendo seu peso sobre mim e seus sons desesperados ecoando pelo quarto.

– Você acha que eu devo dizer algo profundo antes de começar? – ele perguntou, sorrindo para mim.

– Você pode tentar – eu respondi, arranhando seu estômago. – Mas não quero que você queime sua cabecinha tentando pensar em alguma coisa.

Com um leve beliscão em meu mamilo, ele se abaixou e mordiscou meu queixo.

– Eu te amo.

Quando ele me penetrou, meu corpo todo tremeu e eu soltei um grito de alívio.

– Eu também te amo.

– Você é gostosa *demais*.

– Eu sei.

Apertei sua bunda, sentindo os músculos se contraindo, puxando-o para mais fundo dentro de mim e erguendo a cintura para sincronizar nossos movimentos. Seus lábios se moviam sobre meu rosto desesperadamente, beijando orelhas, boca, queixo, pescoço. Suas palavras saíam entrecortadas e aflitas.

Tão bom...

Oh, Deus, Chloe, eu não...

Quero ouvir...

Quero ouvir você...

Diga o que está sentindo, diga...

Diga o que você quer...

Chupei seu pescoço, observando seus ombros se moverem enquanto ele me penetrava.

– Eu quero mais rápido. Mais perto. Mais. *Por favor.*

Ele se ajoelhou, agarrando minhas coxas e abrindo ainda mais as minhas pernas.

– Chloe, você é linda demais.

Soltei um gemido, sentindo sua rigidez me invadindo profundamente; meu prazer foi amplificado pela maneira como seus olhos pareciam acariciar minha pele.

– Use suas mãos – ele sussurrou. – Sinta onde estou entrando em você.

Fiz o que ele pediu, deixando seu pau se mover sob meu dedo enquanto entrava e saía.

Ele se aproximou e sussurrou:

– Diga o que está sentindo.

– Molhado – respondi olhando em seus olhos. – Duro.

Seu olhar praticamente queimava meus dedos sobre ele. Bennett então sorriu, parecendo perigoso, e isso fez meu coração bater ainda mais forte no peito.

– Eu sei – ele disse, agarrando meus cabelos, apanhando um dos meus pés e colocando meu tornozelo sobre sua cintura. – Você é uma garota muito gananciosa.

Ele diminuiu a velocidade, tirando seu pau quase todo para fora quando entrei em pânico e envolvi sua cintura com minhas pernas. Era como se um fósforo queimasse dentro da minha barriga, espalhando fogo entre minhas pernas, servindo apenas para aumentar a impaciência que eu sentia.

Prevendo o quanto eu estava perto de gozar, Bennett me penetrou mais uma vez, concentrando-se agora em me dar um orgasmo. Ele estava suado, o cabelo molhado sobre os olhos, e uma gota caiu de sua testa em meu peito, depois outra.

– Diga o quanto você está gostando – ele disse, com a voz grave e dominadora.

– Eu... eu...

Com um forte golpe dos quadris, ele penetrou fundo.

– Diga, Chloe, o quanto você está *gostando*.

Eu não conseguia responder, pois já estava começando a me dissolver. Ele estava selvagem: toques ásperos e golpes fortes, virando meu corpo na cama e fazendo tudo o que queria comigo. Meus olhos se fecharam e meu rosto se escondeu nos cobertores quando suas mãos agarraram meus cabelos, forçando minha cabeça para trás. Sua boca encontrou meu pescoço, e sua respiração enviava ondas de ar quente sobre minha pele úmida. Bennett beijou meus ombros, usando a língua para sentir meu sabor e os dentes para me arranhar. Arqueei minhas costas, levantando meus quadris para ir de encontro a cada um de seus movimentos. Minhas mãos agarravam os lençóis e meu corpo inteiro tremia com a necessidade de gozar.

Mas ele não me deu o que eu queria, não imediatamente. Em vez disso, ele me provocou e se permitiu ser egoísta por alguns instantes, tomando todo o prazer que também ansiava há muito tempo, até que, finalmente, com um desespero que raramente se mostrava em seus olhos, Bennett se aproximou, me *entregando* um orgasmo tão intenso que me deixou tremendo e a ponto de derramar lágrimas em seus braços. A sensação que se anunciava em meu ventre explodiu se espalhando por meu corpo e derramando uma onda de calor sobre ele. Fazia tanto tempo que eu não me sentia assim, com meu corpo gozando por causa *dele*, tentando absorvê-lo, faminto por cada centímetro daquele homem dominador. Achei que meu coração fosse romper minhas costelas de tão forte que batia.

O alívio que veio da epifania – de que ele *não* mudaria e *sempre* seria aquele cretino dominador por quem eu me apaixonei – foi tão intenso que eu finalmente perdi a luta contra minhas emoções e o abracei com força para recuperar meu fôlego. Mas quando perguntei o que ele queria de mim, e Bennett gemeu, dizendo "quero que assuma o controle, quero que acabe comigo", eu apenas sorri, lentamente subindo em seu corpo.

Ele estava suado, com os cabelos pingando no travesseiro, os músculos definidos e rígidos debaixo de sua pele suave e bronzeada.

Seus olhos apenas enxergavam a mim, nada mais, queimando com a expectativa do que eu faria com ele. Apenas fiquei olhando por um momento: cabelos de quem acabou de transar, olhos castanhos e inteligentes, lábios avermelhados de tanto receberem meus beijos. Eu podia ver sua pulsação acelerada em seu pescoço, e passei um dedo pelo centro suado de seu peito, descendo até o umbigo, depois segui a trilha de pelos que conduziam até seu pau, ainda molhado por minha causa, ainda duro e perfeito e praticamente pulsando enquanto esperava por meu toque.

– Não – eu disse, levando minhas mãos de volta para seu abdômen, desfrutando da sensação de tê-lo sob meu domínio. Não era mesmo justo. Num mundo perfeito, Bennett Ryan seria um galinha e mais mulheres poderiam apreciar seu corpo.

Mas, sejamos honestos: *foda-se*.

– Não? – ele repetiu, cerrando os olhos.

– Você me deixou exausta – eu disse, encolhendo os ombros. – Estou cansada.

– Chloe. Enfie o maldito *pau* na sua maldita *boca*.

– Aposto que você adoraria isso, não é?

Seu rosto se fechou e seus quadris se arquearam buscando meu corpo como se tivessem vida própria.

– Agora, Chloe.

– Diga *por favor*.

Sentando-se repentinamente debaixo de mim, ele rosnou:

– Chloe, *por favor*, engula o meu pau.

Eu explodi numa risada e deslizei minhas mãos naquele cabelo suado e maravilhoso. Chegando mais perto, cobri sua boca com a minha, chupando seus lábios, faminta por seu sabor. Eu o beijei por me fazer rir, por me fazer gritar. Eu o beijei por ser a única pessoa que realmente me entendia, por ser tão impossivelmente igual a mim que era admirável que conseguíssemos concordar em qualquer coisa. Eu o beijei por ser Bennett Ryan, o *meu* cretino irresistível.

Contra meus lábios, eu o senti sorrir e senti as vibrações de sua risada abafada por minha boca.

– Eu te amo – ele disse.

Afastando o rosto, eu sussurrei:

– Eu também. Eu te amo de um jeito que até assusta.

– Então, falando sério, Sra. Ryan – ele disse. – Coloque meu pau na sua boca.

Agradecimentos

É surreal terminar a série do *Cretino* menos de um ano após vendê-la para a editora Gallery. Estamos animadas para seguir em frente com novidades, mas ao mesmo tempo tristes porque realmente nos divertimos muito escrevendo esses livros picantes, e vamos sentir saudades desses personagens malucos.

Queremos começar agradecendo a todas vocês que nos acompanharam nesta jornada. Obrigada, honestamente, por comprar e ler nossos livros. Continuamos escrevendo com a mesma paixão com que começamos esta aventura. Nós sinceramente esperamos que vocês amem o que vem a seguir.

Nossa agente, Holly Root, tinha uma intuição sobre Adam Wilson, da Gallery; nós achamos que ela simplesmente sabia que ele seria perfeito para estes livros e para nós duas. Já dissemos nos volumes anteriores, mas não custa repetir: obrigada a vocês dois por serem exatamente quem são, pois são exatamente o que precisamos. Holly, você está sempre à disposição quando precisamos, e sempre disposta a nos deixar fazer do nosso jeito. Adam, você melhorou muito estes livros e nos distraiu imensamente com suas anotações hilárias (e precisas). Aguardem muitos bolinhos enviados por nós. Gostamos de vocês. Gostamos muito de vocês.

O que Jen Bergstrom nos disse em Orlando é verdade: a Gallery da Simon & Schuster funciona como uma grande família, e sentimos isso desde o primeiro dia. Obrigada ao Adam por nos apresentar. E a Carolyn Reidy, Loise Burke, Jen Bergstrom: obrigada por nos receber com tanto entusiasmo e investimento. Obrigada a Kristin Dwyer e Mary McCue, do marketing, por seu trabalho incansável nestes seis romances em apenas dez meses (e também por serem incríveis e irresistivelmente adoráveis). Obrigada a Liz Psaltis e a Ellen Chan, pelo trabalho maravilhoso de propaganda. Obrigada a Carly Sommerstein, nosso editor de produção, a quem nós provocamos inúmeras batalhas com nossas reviravoltas. Amamos cada capa – obrigada Lisa Liwack e John Vairo! –, o departamento de arte da Gallery realmente fez um ótimo trabalho. Obrigada a nosso primeiro editor pela piada que nunca vai deixar de ser engraçada. E um obrigado antecipado para quem se voluntariar a fazer o Adam comer o bolinho com o osso de chocolate. Sim, fizemos doze.

Lauren Suero, você foi muito boa conosco desde o primeiro dia. Obrigada por cuidar de nosso website, seguir cada notícia do *Cretino* e nos manter focada em nosso trabalho. Jennifer Grant, obrigada pela ajuda no marketing e no website. O que fez por nós é realmente incrível. Obrigada a todos os bloggers que falaram sobre nossos livros. O seu apoio significa muito para nós!

Para as nossas lindas pré-leitoras – Erin, Martha, Tonya, Myra, Tawna, Anne, Kellie, Katy e Gretchen – obrigada por nos darem seus olhos, seu tempo, seus pensamentos. Estes livros foram ridiculamente divertidos de escrever, e esperamos que vocês tenham sentido ao menos uma fração disso. Nós realmente amamos quando vocês enchem nossos e-mails com reações felizes e críticas construtivas. Esperamos que seus olhos não estejam cansados, pois temos muitos outros livros pela frente.

É claro, queremos agradecer ao *fandom*, pois foi onde nos encontramos e onde ainda permanecemos. Nos últimos quase cinco anos, vocês se tornaram mais do que uma comunidade em que nos juntamos para ler e escrever *fanfic*. Vocês se tornaram algumas de nossas amigas mais próximas e um grupo de mulheres de quem gostamos demais. Obrigada por ficarem animadas por nós e por compartilhar suas próprias vitórias. Esperamos que vocês se sintam orgulhosas em nossos momentos mais felizes assim como nós nos orgulhamos de vocês. Adoramos todas vocês!

Nossas famílias e amigos tiveram que nos ouvir falar apenas sobre uma coisa no último ano e sempre se mantiveram animados, nos dando todo o apoio. Agradecemos demais por termos tanta sorte. Obrigada por se orgulharem de nós e por se divertirem nesta jornada tanto quanto nós. A animação de vocês é completamente adorável; ou são atores realmente bons.

Maridos: nós amamos vocês. E agradeceremos melhor pessoalmente. (E falando nisso, obrigada por nos darem filhos tão fofos e maravilhosos.)

Para Christina, {insira aqui um mensagem sentimental que na verdade é apenas uma desculpa para cheirar seu cabelo}.

Para Lo, {insira aqui um pensamento espertinho e adorável, incluindo o quanto eu poderia assistir você colorir tabelas o dia todo}.

Este livro foi composto nas fontes Adobe Garamond Pro,
ChopinScript, AgencyFB e Neutraface Text,
e impresso em papel *Norbrite* 66,6g/m² na Imprensa da Fé.